도망가자 밤으로, 밤으로

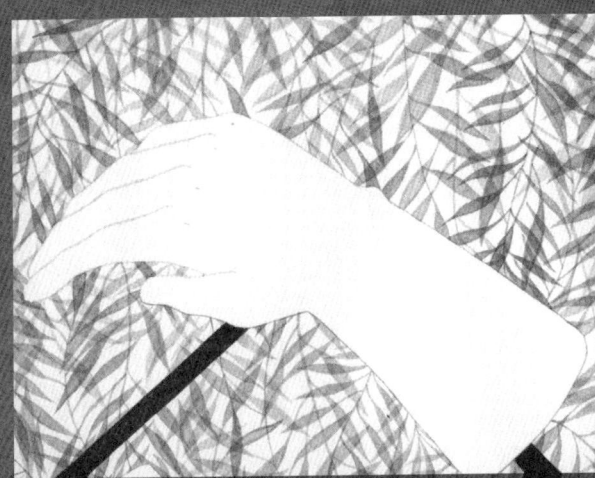

라일라&마즈눈
임성용
이정임
채은

윤순영
이지선
이정민
박민아

도망가자
밤으로, 밤으로

차례

007 **아무도 모른다** 라일라&마즈눈_윤순영

043 **안녕, 미미 시스터즈** 임성용_이지선

093 **피크닉** 이정임_이정민

135 **달의 기행** 채은_박민아

아무도 모른다

라일라&마즈눈

1

 여기도 이제 정리할 때가 된 것 같다. 주원이 생각했다. 절대 망할 리가 없다는 말에 속아 시작한 모텔 사업을 망해먹고 인수한 헌책방이다. 수개월 째 생활비도 벌지 못한 채 주원은 책방에서 뒹굴었다. 원룸 전세 보증금을 빼고 책방에서 살기 시작한지 꽤 됐는데 부모님은 아직 모르고 있다. 매일 밤 책방 문을 닫으면 책장과 책장 사이 통로에 야전 침대를 펼치고 잠을 잔다. 불 꺼진 책방에 누워 책장에 빼곡히 꽂혀 있는 책 제목들을 훑다 보면 잠도 잘 온다. 종종 어떤 이야기 속의 주인공이 되는 꿈을 꾸기도 한다. 망망대해에서 고래와 사투하다가 바퀴벌레로 변한다거나 하는 개꿈들이다.

 대학가에 있던 모텔을 인수할 때 정말 마지막으로 도와달라는 말에 부모님은 속는 셈치고 투자했던 상가를 처분하고 자금을 마련해주었는데 주원은 3년 만에 탕진했다. 모텔업을 소개해주었던 오촌 당숙도, 주원에게 모텔을 중개했던 업자도 모두 고개를 갸웃했다. 목 좋은 자리에 성업하던 곳을 인수했는데 어떻게 말아먹을 수 있는지 모두 이해가 안 된다는 얼굴이었다. 물론 가장 이해할 수 없는 건 주원이었다. 외식경영학과를 나와 처음 자영업을 시작했던 대만 카스테라와 요거트 카페를 빠르게 말아먹고 탕후루 가게까지 문을 닫았을 때도 그저 자신이 외식업과 잘 맞지 않다고만 생각했다. 명절날 오랜만에 만난 오촌 당숙이 모텔업을 제안했을 땐 분명 뭔가 달랐다. 속에서 쿵쾅쿵쾅 울리는 북소리를 분명히 들었던 것이다. 그래 바로 이거다. 그런 섬광을 주원은 보았다. 분명히 보았는데… 젊은 혈기로 우글거리던 모텔은 딱 1년 만에 기울기 시작했다. 기울어가는 걸 온몸으로 느끼면서도 주원은 그 이유를 알 수 없었다. 도대체 왜 이렇게 되는 걸까. 주원은 그런 생각밖에 들지 않았다. 운명의 장난과 시련에 고생하는 비극적인 이야기의 주인공이 된 것 같았다. 주원은 인생의 쓴 맛을 담은 이야기에 심취하기 시작했다. 모텔에서 두어 골목 너머에 있던 작은 헌책방을 인수한 건 그 때문이었는지도 모른다. 혼자 먹고 살 정도로만 벌면서 책이나 실컷 읽으면서 살면 그냥 그런대로 나쁘지 않을 것 같았다. 모텔을 닫고 헌책방을 인수했을 땐 어쩐지 설레기까지 했는데 결국 익숙한 길로 접어들었다. 정말이지 짜증나고 지루한 이야기 안에 갇힌 것 같은 기분이었다.

2

「종일 쾌청했던 오늘은 절기상 하지로 일 년 중 밤이 가장 긴 날인데요. 내일 새벽부터는 제주도와 남부지방을 시작으로 장맛비가 내릴 것으로 보입니다…」

라디오를 들으며 주원은 컵라면을 먹었다. 가게 정리는 장마가 지나가면 해야겠다고 생각했다. 가게를 내놓으러 들른 부동산에서는 더 이상 헌책방을 인수하려는 사람은 없을 거라고 했다. 이대로 책방을 넘기지 못한다면 책들은 모두 처분해야 한다. 폐기할 책과 또 다른 헌책방에 팔 책. 그렇게 생각하고 책방을 둘러 보니 대부분 폐기 대상으로 보였다. 이 많은 책들을 폐기한다고? 주원은 책을 버리거나 태우는 건 아무래도 할 짓이 못된다는 생각이 들었다. 무슨 일이든지 꾸준히 하는 법이 없던 주원이 인생에서 가장 지속적으로 한 일이라곤 독서였다. 책이라면 장르 가리지 않고 읽었고 책의 형태, 촉감, 냄새 모든 것이 위안을 주었다. 책 속에서는 거듭 실패하는 인생도 나름의 교훈이 있고 한 권의 책이 될 만큼 의미가 있었다. 주원은 팔기 위해서라기보단 수집해놓은 것 같은 책들을 둘러보았다. 한 권도 팔지 못해도 종일 책을 읽으며 아늑하게 시간을 보냈던 풍경이 파노라마처럼 그려졌다. 다음주에 크루즈 여행에서 귀국할 부모님께는 또 뭐라고 말씀을 드려야하나. 그보다 책방을 접고 나면 부모님 댁으로 들어갈 수밖에 없는데 받아주기나 할까. 무언가를 접을 때마다 눈빛이 무감해지던 아버지가 떠올랐다. 헌책방을 인수했다고 말했을 때는 한숨 소리조차 없었다. 더 이상 아무런 기대도 실망도 없는 부모의 얼굴은 공포에 가까웠다.

　마지막 라면 국물을 들이켜는데 출입문 종소리가 울리며 한 남자가 가게로 들어왔다. 이 시간에 손님이라니, 별일이라고 주원은 생각했다. "어서오세요"라고 말하며 먹던 자리를 정리했다. 남자는 미끄러진다는 표현이 어울릴 만한 걸음으로 책장 사이로 사라졌다. 주원은 문을 열고 환기 시키며 곁눈질로 남자를 살폈다. 남자는 어딘가 모르게 기묘한 느낌을 풍겼다. 분명히 사람의 형상을 하고 있는데 이상하게 희미하다는 기분이 들었고 그렇다고 유령처럼 투명하거나 둥둥 떠 있는 것도 아니었다. 더욱이 꽤 기온이 올라간 초여름인데 야전 점퍼 같은 재질의 두께감 있는 검은 상하의를 입고 있었다. 아무리 밤이라고 해도 이상했다.

책장 사이에서 불쑥 남자가 튀어나왔다. 주원은 깜짝 놀랐다. 분명 조금 전까지 저기 안쪽 책장 앞에 있었던 것 같은데 어느새 주원 바로 앞에 서 있었다.

"저는 책을 찾고 있습니다."

"어떤 책 찾으세요?"

"1988년 6월 21일 초판 1쇄 발행한 〈아무도 모른다〉라는 책입니다. 장르는 소설."

주원은 이상한 미시감을 느꼈다. 뭐랄까… 남자의 말투가 현실감이 없었다. 구체적인 정보를 제시하며 책을 찾는 사람은 있지만, 남자의 말은 컴퓨터 검색창에 찍히는 문장 같았다.

"아… 네. 제가 아는 책이긴 한데요. 그게 있는지는 잘 모르겠네요. 제 기억으로는 절판된 책인 것 같은데, 한번 찾아보겠습니다. 이름이랑 연락처 남겨주시면 연락드릴게요."

남자는 주원이 내민 메모지를 슥 쳐다보고는 말했

다.

"내일 지금과 같은 시간에 재방문하겠습니다."

"하하, 네. 그런데 그 책을 찾으시는 이유가 있으세요? 저도 어릴 때 딱 한 번 읽어본 적 있는데 딱히 기억에 남는 내용도 아니고 작가가 유명한 분도 아닌 것 같아서요."

남자의 입이 좌우로 기이하게 벌어졌다. 거의 귀에 닿을 정도로 찢어진 입이 아주 천천히 틈새를 열어 말했다. 주원의 목덜미에서 솜털이 일어났다.

"제가 그 책에서 나온 인물입니다."

"네?"

남자는 들어올 때와 마찬가지로 언제 사라졌는지도 모르게 책방을 나갔다. 골목은 캄캄한 어둠이었다. 바람 한 점 인기척 하나 없이 정적이 흘렀다. 출입구를 경계로 형광등 불빛이 환한 책방과 밤의 골목이 이승과 저승처럼 갈라졌다.

3

주원은 편의점에서 1+1으로 사온 삼각김밥을 전자렌지에 돌려 아침 겸 점심으로 먹었다. 날이 흐려 시간 모르고 자느라 책방 문을 늦게 열었는데 그 사이 손님이

한 명도 없어서 괜찮았다. 주원은 다행이다, 라고 생각한 뒤 곧바로 이게 다행인 일인가 싶었지만 삼각김밥을 1+1으로 사와서 기분이 좋았다. 삼각김밥이 원 플러스 원 하는 경우는 아주 드물기 때문에 기분 좋게 하루를 시작했다.

　삼각김밥을 해치우고 어젯밤 수상한 남자가 요청한 책을 찾기 위해 책방을 뒤졌다. 오래전 분명 읽은 기억이 있는 책인데 내용은 잘 생각나지 않았다. 주원이 라디오에서 나오는 노래를 따라 부르며 책을 찾은 지 두어 시간. 자연과학 코너 책장 가장 아래쪽 구석에 〈아무도 모른다〉가 꽂혀있었다. 주원은 이 책이 왜 이런 곳에 있지 라고 생각하며 책을 뽑았다. 뭐 헌책방이라는 데는 원래 책이 중구난방으로 꽂혀 있기 마련이니까. 색이 바랜 책을 손에 들자 주원은 이상한 기시감이 들었다. 표지에는 아무런 디자인 없이 〈아무도 모른다〉라는 검정색 활자만 찍혀 있었다. 왜 이렇게 이상한 긴장감이 들지. 주원의 머릿속에서 알 수 없는 잔상이 영화 속 장면처럼 나타났다. 어두운 골목, 숨소리조차 내지 못한 채 꼼짝없이 서 있는 누군가. 겨드랑이에서 허리춤으로 살을 간지럽히며 또록 흘러내리는 땀방울. 주원은 유레카를 외치듯 불쑥 무언가를 깨달았다.

주원은 이 책 속에 들어간 적이 있다.

4

〈아무도 모른다〉
지은이 : 김영춘
펴낸이 : 김영춘
펴낸곳 : 하지출판사
발행일 : 1988년 6월 21일
장르 : 장편소설
페이지 : 256쪽
가격 : 6,000원

주원은 그 살인을 목격한 유일한 사람이었다. 인적 없는 주택가의 골목. 자정이 지나면 시작되는 살인. 목격자가 단 한 명도 나타나지 않았고, 가로등 불빛도 닿지 않는 어둠 속에서 일어나는 사건이라 '그림자 살인'라는 별칭이 붙은 연쇄 살인 사건이었다. 사건 장소는 패턴이 없어 예측 불가능했고, 수상한 기척을 느낀 사람도 없었다. 피해자들은 연관성도 공통점도 없었다. 정말이지 그림자의 소행이라고 할 수밖에 없을 만큼 흔적도 힌트도 없는 사건들이었다. 범행 예상 시간이 새벽이라는 것과 주택가의 골목, 가로등 불빛이 끊어지는 어둠 속에서 일어난다는 사실만 짐작할 뿐이었다.

주인공 한 형사와 공 형사는 각각 다른 관할에서 사건을 조사하다가 만나게 된다. 처음에는 피해자와 면식범의 소행이거나 웬 미친놈의 우발적인 범행일 거라는 가정을 세우고 수사를 진행했다. 피해자의 주변 인물과 당일 행적, 생활 등을 조사하고 사건이 발생한 지역에 거주하고 있는 범죄 이력 대상자들을 조사했다. 조사 대상들은 모두 알리바이가 있었고 범행 지역은 이전까지 단순한 폭력 사건조차 없는 안전한 동네였다. 조사를 할수록 점점 미궁에 빠지다가 둘은 만나게 된다. 각자 개별적으로 수사하고 있는 사건에서 묘한 연관성을 감지하고 공조한다. 그렇게 두 형사가 발견한 사건은 총 6건. 모두 다른 장소, 다른 관할의 사건들에서 패턴을 발견한다. 자정부터 새벽 1시 사이로 추정되는 범행 예상 시간, 가로등 불빛이 닿지 않는 주택가의 골목. 목격자 없음. 한 형사와 공 형사는 6건의 사건 용의자를 동일 인물로 추측하고 협조를 요청하지만 각 관할에서 받아들여지지 않는다. 한 형사와 공 형사는 열심히 뛰어다니지만 번번이 거절 당하고 수난을 겪는다. 증거도 목격자도 없는 사건들을 설불리 동일 케이스로 보기에는 무리가 있고,

한 명의 범인이 광범위한 지역을 넘나들며 연쇄적으로 살인을 저지른다는 건 허무맹랑한 가설로 여겨진 것이다. 그렇게 한 형사와 공 형사가 공치는 동안 또 다른 곳에서 사건이 벌어지는데….

거기에 주원이 있었다. 주원은 당시 중학생으로 불면증에 시달리고 있었다. 밤이면 잠들지 못한 채 한 방을 쓰는 형이 깨지 않도록 창문 밖에서 희미하게 들어오는 가로등 불빛에 책을 읽곤 했다. 특히 주원은 추리소설에 심취해 있어서 이야기 속에서 펼쳐지는 상황을 조합해 사건을 쫓다 보면 금세 아침이 되곤 했다. 그럼 학교 수업 시간에는 달고 깊은 잠을 잘 수 있었다. 주원은 여느 날처럼 레이먼드 챈들러의 〈기나긴 이별〉을 읽고 있었다. 탐정 필립 말로가 되어 가슴 두근거리며 이야기에 몰입하며 읽다 보니 어느새 자정이 지나 있었다. 벌써 며칠 째 밤에 잠을 못 자고 있어서 이제 그만 읽어야겠다고 생각하며 자리에서 일어나 기지개를 켰다. 흐린 불빛에 글을 읽다 보니 눈이 시렸다. 창문가로 다가가 커튼을 치려는데 가로등 밑으로 검은 형체가 천천히 나타났다. 어둠 속에서 걸어나온 남자는 온통 검은 상하의를 입고 있어서 마치 그림자가 움직이는 것 같았다. 주원은 조금 전 읽은 소설 속 세계와 분간이 되지 않아 잠시 머리를 흔들었다. 실눈을 뜨고 남자를 지켜봤다. 검은 옷과 신발, 덥수룩한 머리카락 안에 피부가 눈처럼 하얗게 빛났다. 백인보다도 더 흰, 투명하다고 할 수 있을 정도로 피부가 환하게 빛나는 남자가 천천히 어둠 속으로 사라졌다. 주원은 마치 꿈을 꾸고 있는 듯한 느낌을 받았다. 등 뒤에서 들리는 형의 코 고는 소리가 없었더라면 주원은 헛것을 보았다고 생각했을 것이다. 남자는 골목에 뚝뚝 끊어지는 가로등 불빛 아래로 나타났다 사라지길 반복하다가 어느새 완전히 사라졌다.

다음날, 골목에서 여성의 변사체가 발견됐고 이로써 한 형사와 공 형사가 주장하던 연쇄 살인 혐의가 받아들여졌다. 이후에는 한 형사와 공 형사를 중심으로 수사본부가 차려졌고 각 관할에서 벌어진 유사 사건들의 자료를 모아 대대적인 수사가 펼쳐졌다. 사건은 공개 수사로 전환되었고 한동안 뉴스에서는 '그림자 살인'에 대한 보도가 이어졌다. 골목이 촘촘한 주택가에 사는 사람들은 저녁이 되면 밖으로 나가지 않았고 가로등 설치를 늘려 달라는 민원이 빗발쳤다.

주원은 연일 보도되는 뉴스를 보며 그날 밤을 떠올렸다. 흰 피부에 검은 옷을 입은 남자. 모자를 쓰거나 얼굴을 가리지 않았지만 어쩐지 인상이 희미하던 기이한 얼굴. 주원은 제보를 기다린다는 한 형사의 인터뷰를 보며 몇 번이나 망설였다. 하지만 끝내 형사들에게 찾아가지 않았다. 폴리스라인이 쳐진 골목을 지나다니면서 어디선가 그 남자가 자신을 지켜보고 있다는 느낌을 지울 수가 없었다. 그날 밤 주원의 집 앞을 지나가던 남자가 고개를 돌렸을 때, 2층 방에 있던 자신을 보았을 리가 없는데도 주원은 자신의 존재가 들켰다는 느낌을 받았다. 남자는 아무런 표정 변화 없이 곧 고개를 돌리고 계속 걸어갔는데 주원은 얼어 붙은 채 움직일 수가 없었다. 주원은 아무것도 모르던 때로 돌아가려고 노력했다.

그러는 사이 연쇄 살인은 멈추었고 살인마는 영영 사라졌다. 수사본부는 해체됐고 집착적으로 사건에 매달리며 무리하게 수사를 이어가던 한 형사는 징계를 받았다. 공 형사는 전혀 다른 부서로 자원해서 조용히 경찰 생활을 마무리했다. 소설은 그렇게 끝났다. 분명히 목격자가 있다는 한 형사의 되뇌는 말을 끝으로.

5

소설을 다 읽고 나니 주원은 모든 것이 생생하게 떠올랐다. 어떻게 그 일을 잊고 살아왔을까. 어쩌면 스스로 지워버린 기억일지도 몰랐다. 주원은 그 사건 이후 부모님을 안심시키기 위해, 일상으로부터 자꾸만 멀어지는 듯한 불길한 느낌을 지워내기 위해 애써 그 일을 떠올리지 않으려고 노력했으니까. 그 노력이 지속되면서 마치 정말로 경험하지 않은 것처럼 스스로를 속일 수 있었다. 그러니까, 그 일이 정말로 일어난 일'이라는 걸 이제 명확하게 이해할 수 있었다.

실제 소설에는 목격자가 등장하지 않는다. 소설은 한 형사와 공 형사가 고군분투하며 보여주는 수사의 어려움과 경찰 시스템의 한계를 보여주는 이야기가 줄거리가 된다. 용의자는 명확하게 묘사되지 않고 목격자에 대한 이야기는 소설의 마지막, 한 형사의 혼잣말 같은 대사로 암시적으로 언급될 뿐 등장하지 않는다. 그러니까 주원이 목격한 장면, 이층집의 방에서 내려다보았던 남자와 뉴스 보도를 지켜보며 고민하는 내용은 소설 속에 나오지 않는다. 그건 정말로 주원이 그 소설 속에서 보고 느꼈던 기억인 것이다. 어느 날 밤 잠들지 못하고 〈아무도 모른다〉를 읽던 순간에 주원은 그 속으로 들어가버렸던 것이다.

주원은 그날로부터 3일 동안 행방불명 되었다가 돌아왔다. 중학생이던 주원이 사라진지 24시간 뒤에 주원의 부모님은 실종 신고를 했고 방황하는 청소년이라는 사실을 들먹이던 경찰들의 소홀한 수사 덕분에 일이 커지지 않고 주원은 다시 집에서 발견되었다. 자신의 2층 방에서 잠든 채 발견된 주원은 부모님에게 자신이 보고 겪은 일을 수차례 설명했다. 하지만 주원의 세상에서 일어나고 있는 연쇄 살인 사건은 없었고 더욱이 온갖 거리와 골목에는 CCTV가 설치되어 있어 미궁에 빠질 만한 일은 드물었다. 주원은 그 일들이 〈아무도 모른다〉에 나오는 사건임을 깨닫고서야 자신이 3일 동안 사라진 것을 이해했다. 주원은 책 속에 다녀온 것이다.

1980년대 후반 단 1쇄를 찍고 사라진 책. 살인마의 교묘한 수법이나 고뇌하는 경찰들의 분투가 나름 흥미로운 소설이었으나 책도 작가도 흥행하지 않았던 책을 찾는 남자. 바로 그 남자. 주원이 기억하고 있는 그 모습 그대로 다시 주원 앞에 나타난 남자. 주원은 전율을 느꼈다. 주원은 또 한번 유일한 목격자가 되었다.

6

자정을 앞둔 시간, 주원은 초조한 심정으로 문밖을 응시했다. 남자가 찾던 책이 주원의 손에 있었다. 주원은 이 상황을 어떻게 해결해야 할지 답답했다. 자신이 책 속에 다녀온 것처럼 그 남자도 정말로 책 속에서 나온 거라면. 그렇다면 그 남자는 바로…

"책을 찾으셨습니까?"

검은 옷을 입은 남자가 어느새 주원 앞에 서 있었다.

"정말 어제랑 비슷한 시간에 오셨네요."

"11시 48분. 어제와 정확히 같은 시간입니다."

"아, 네. 그런데 혹시 이 책을 왜 찾으시는지 여쭤봐도 될까요?"

남자는 의미를 알 수 없는 표정으로 주원을 쳐다봤다.

"저에게 아주 중요한 책이기 때문입니다."

남자는 주원을 향해 손을 내밀었다. 남자의 손이 형광등 불빛 아래에서 투명하게 빛났다. 주원은 홀리듯 들고 있던 책을 남자에게 건넸다. 책을 받아 든 남자는 만원짜리 지폐 2장을 카운터 위에 놓고 돌아섰다. 주원은 이대로 남자를 놓쳐서는 안 될 것 같다는 생각이 들었다. 이런 위험한 존재가 주원이 사는 세상에서 무슨 짓을 하고 돌아다닐지 알 수 없는 노릇이었다.

"그 책에서 말이에요."

남자는 슬로 모션이 걸린 영상처럼 주원을 향해 돌아섰다.

"저는 목격자가 누군지 알겠던데요."

"누구입니까?"

남자의 눈이 터질 것처럼 번뜩였다. 주원의 손에 땀이 가득 차올랐다.

"하하… 한번 잘 찾아보세요. 다음에 또 놀러오시면 알려드릴게요."

남자는 고개를 기우뚱 기울여 한참 서 있었다. 뭔가를 떠올려보려 하는 것 같았다. 정적이 흘렀다. 주원이 틀어놓은 라디오 소리만 웅얼거리듯 작게 울렸.

"목격자가 있다는 걸 어떻게 아십니까?"

"한 형사가 확신하잖아요. 목격자가 있다고. 저도 같은 생각이고요."

"확신하십니까?"

주원은 침을 꼴깍 삼켰다. 어느새 남자의 얼굴이 너무 가까울 정도로 다가와 있었다.

"차, 찾아보세요. 어딘가에는 있겠죠."

남자는 고개를 두 번 끄덕이고는 주원에게서 떨어졌다. 주원은 뭔가를 알아챘다. 주원에게 바싹 다가온 남자에게선 숨소리가 느껴지지 않았다. 남자는 다시 오겠다는 말을 남기고 책방을 나갔다. 고요한 책방 안에 초침 소리가 크게 들렸다. 자정을 넘긴 시간, 라디오에서 Rockwell의 'Somebody's Watching Me'의 신디자이

저 리프가 흘렀다.

「한 달 전 P시의 한 주택가 골목에서 20대 여성이 피살된 사건이 수사에 난항을 겪고 있는 가운데, 어젯밤 또 비슷한 사건이 발생했습니다. 한 달 전 사건 장소로부터 20분 떨어진 곳에서 50대 남성의 변사체가 발견되었는데요. 두 사건 장소는 모두 주택이 밀집한 작은 골목으로 CCTV가 설치되어 있지 않고 주정차된 차량도 없어 블랙박스 영상 확보도 어려운 것으로 알려졌습니다. 또한 피해자들에게 비슷한 상흔이 남아 있고 사건 발생 시간이 비슷하다는 점에서 두 사건의 연관성에 무게를 싣고 수사를 이어나갈 전망입니다. 아직까지 목격자가 나타나지 않았으며 수사 기관에서는 목격자들의 제보를 기다린다고…」

주원은 라디오의 볼륨을 줄이고 문밖을 바라봤다. 이 세상에서 유일하게 주원만 풀 수 있는 수수께끼를 받은 것 같았다. 남자는 또 살인을 저지르고 있다. 이제는 주원이 살고 있는 진짜 현실에서. 책 속에서 도망친 남자가 주원 앞에 다시 나타난 것은 우연이 아닐지도 모른다. 십수 년 전 책 속에서 주원이 아무 말도 하지 않아서 남자는 도망칠 수 있었다. 주원만이 이 사실을 알고 있다.

11시 48분. 어느새 남자가 책방에 들어와 있었다. 검은 옷을 입고 투명한 얼굴로 주원을 쳐다보며 서 있었다.

"목격자는 없습니다."

"왜 그렇게 생각하시죠?"

"제가 확인했습니다. 아무도 없는 걸 분명히 확인했습니다."

주원은 가슴이 쿵쾅쿵쾅 뛰는 게 느껴졌다. 그날 밤 보았던 그 번뜩이는 눈동자가 지금 주원을 쳐다보고 있었다.

"아니요. 목격했습니다. 분명히."

7

한 달 전, 남자가 책을 받아 들고 돌아가던 길을 주원은 따라붙었다. 남자가 책 속에서 나온 존재가 확실하다면 분명히 이 세계에서도 일을 저지르고 있을 거라는 생각이 들었다. 책 속에서 결국 남자를 잡지 못하고 영영 사라진 건 그가 진짜로 어딘가로 사라졌기 때문일 것이다. 그러니까 바로 이 세계로. 남자는 가로등 빛이 환한 큰길을 일부러 피하듯 계속해서 골목으로 접어들었다. 확실히 걷고 있는 모양새는 아니었다. 둥둥 떠다니는 것처럼, 중력의 영향을 받지 않는 것처럼 가볍게 미끄러지고 있었다. 주원은 최대한 그 남자처럼 발끝을 세우고 발소리가 나지 않도록 가볍게 뛰었다. 남자가 꺾어지는 다음 골목으로 사라졌을 때 서둘러 쫓다가 주원은 어떤 낌새를 느끼고 몸을 숨겼다. 마침 가로등 하나가 깨져 어둠이 짙은 골목 중앙에 남자의 실루엣이 보였다. 어둠에 눈이 익자 모든 게 분명하게 보였다. 남자의 손끝에서 누군가 발버둥치고 있는 게. 그때, 남자가 휙 뒤를 돌아봤다. 번뜩이는 눈으로 주변을 휘휘 둘러보았다. 누군가를 찾고 있다. 목격자를.

그날 밤, 남자가 책방에서 나가 또 다른 살인을 저지른 건 목격자를 찾기 위한 행동이었다는 걸 주원은 깨달았다. 그리고 반드시 남자가 주원을 다시 찾아오리라는 것도. 주원은 매일 같이 사건 사고 기사를 검색하며 남자를 기다렸다. 이 기이한 존재를 어떻게 처리해야 할지 감이 잡히지 않았다. 경찰서에 제보를 해야 할까? 하지만 주원의 말을 진지하게 들어줄 한 형사 같은 사람이 과연 있을까? 아마도 주원을 미친놈 취급하거나 수사방해죄를 물을지도 모른다. 남자가 책 속에서 나온 인물이라는 걸 숨기고 제보하더라도 상황이 뒤집히기는 어려울 것이다. 남자는 신출귀몰하고 당연히 지문이나 주민등록 정보 같은 건 없을테고 피부도 투명하게 빛나는데다가 살인마다. 이런 존재를 어떻게 잡는단 말인가? 주원은 책 속에서 보았던 장면과 이야기 속에서 해결책을 찾기 위해 골몰했다. 유일한 목격자라는 책임감을 느끼면서.

"무엇을 목격했다는 것입니까?"

"두, 둘 다겠죠."

"둘?"

책 속에서의 살인과 현실에서의 살인. 주원은 두 사건의 목격자다. 책 속에서 존재하며 현실에서도 존재하는 기이한 남자. 책 속에서 도망쳐 온 것이라면 다시 책 속으로 들어가는 것도 가능하겠지.

"당신이 〈아무도 모른다〉 속에서 나온 인물이라고 했나요? 나는 그 책에 들어간 적이 있습니다."

남자는 일전에 그랬던 것처럼 고개를 한껏 기울여 주원을 바라보았다. 목이 꺾이기라도 한 것처럼 머리가 거의 직각으로 누웠다. 주원은 자기도 모르게 한 걸음 뒤로 물러났다. 주원과 남자 사이에는 카운터가 가로 막고 있어서 남자가 달려들 수 없는데도 주원은 몸이 떨렸다. 주원의 키는 대략 반올림을 두어 번쯤 하면 180cm

이고 한동안 인스턴트 음식으로 몸이 불어서 체구도 작지 않았지만 이상하게 남자에게 기운이 눌리는 기분이었다. 남자는 뭐랄까, 공기 같이 보였다. 허옇고 가볍고 속이 빈 것처럼. 그런데도 마주 서는 것만으로도 두려움이 느껴졌다. 남자는 살인마다.

"당신이 목격자군요."

남자는 고개를 빳빳이 세우더니 입을 귀까지 끌어 올려 살짝 벌리고 탄식인지 웃음인지 모를 소리를 냈다. 그러더니 책방을 천천히 둘러봤다. 주원은 꼼짝도 못한 채 남자가 하는 행동을 지켜봤다. 남자는 허리를 꺾어가며 책방의 구석구석을 훑더니 이내 한 곳에 시선을 멈추었다. 주원의 머리 위에 달려 있는 CCTV. 분명히 그걸 쳐다보았다. 정확히 말하자면 그건 가짜였다. 건전지를 넣으면 빨간 LED 불빛이 규칙적으로 점멸하는 8,500원짜리 CCTV 모형. 주원은 모텔을 운영할 당시에는 진짜 CCTV를 달았지만 헌책방을 인수하며 그렇게까지 필요하진 않겠다는 마음으로 모형을 달았다. 그건 잘못된 판단이었다. 모형조차도 필요 없었다 여긴. 하지만 그 진가가 오늘에서야 발휘되고 있었다. 남자는 분명 CCTV를 의식하고 있었다. 가로등 불빛도 닿지 않는 어두운 골목에서만 범행을 저지르던 걸 보면 남자는 결코 주원에게 해코지를 할 수 없을 것이다. 주원은 남자에게서 눈을 떼지 않은 채로 한걸음 앞으로 나왔다. CCTV에 잘 잡힐 수 있는 각도의 위치로. 남자가 CCTV에서 주원으로 시선을 옮겨왔다. 그러더니 상의에 달린 지퍼로 손을 움직였다. 지퍼를 끄르며 남자는 옷을 벗기 시작했다. 주원은 당황했다. 상의에 달린 후드를 뒤집어 쓰고 얼굴을 가리고 도망갈 생각을 하는 것이 아니라 옷을 훌훌 벗는다고? 남자는 주원의 얼굴에 시선을 고정한 채 몸을 기이하게 비틀며 입고 있던 것을 모두 벗었다.

정말로, 모든 것을 벗었다. 머리 위에 얹어두었던 가발까지 벗자 남자에게는 아무것도 남아 있지 않았다. 남자는 투명했다. 피부도 뼈도 내장도 아무것도 보이지 않았다. 이제야 주원은 남자가 왜 그토록 잡히지 않았는지, 당당하게 자기를 드러내며 주원 앞에 나타날 수 있었는지 알았다. 언제든 어디서든 남자는 숨을 수 있었다. 이제 남자가 무슨 짓을 하든 CCTV에 찍히지 않을 것이고—모형이니 당연히 아무것도 찍히지 않겠지만—아무도 모를 것이다.

주원이 당황하며 남자가 사라진 자리를 살피는데 갑자기 숨통이 조여왔다. 무언가 주원의 목을 조르기 시작했다. 주원은 팔을 허우적거리며 남자를 찾으려 애썼다. 분명히 목을 조르는 손아귀의 힘이 느껴지는데 눈앞에 보이지 않으니 정확하게 뿌리치기가 어려웠다. 눈에 압력이 높아지고 머리가 터질 것 같았다. 형광등 불빛이 시릴 정도로 밝은데 눈앞이 자꾸 흐려졌다. 숨이 쉬어지지 않아서 진정이 안 됐다. 자신도 모르게 몸부림치고 정신이 혼미해졌다. 주원이 바닥으로 넘어지며 잠시 목을 조르는 힘이 느슨해졌다. 찰나의 틈에 주원은 서둘러 주변을 살폈다. 곧바로 보이지 않는 손은 다시 주원의 목을 졸랐다. 주원은 카운터 아래 선반으로 힘껏 팔을 뻗었다. 속으로 제발, 제발, 외치며 주원은 온 힘을 쥐어짜서 손에 닿는 것을 움켜쥐었다. 물컹한 플라스틱 튜브가 손에 들어왔다. 주원은 재빨리 튜브의 뚜껑을 열어 검고 끈적한 액체를 분사했다. 주원의 손아귀 힘에 튜브의 캡이 분리되어 떨어져 나가고 주원은 허공을 향해 검은 액체를 난사하듯 뿌렸다. CMYK의 K100, 헥스 코드 #000000 순도 높은 검정색 잉크가 투명한 몸을 타고 흘러내렸다. 주원의 목을 조르는 살인마의 검은 형체가 나타났다.

8

그때 주원은 자기도 모르게 엉뚱한 생각을 하고 있

었다. 만화 〈명탐정 코난〉에서 검은 몸뚱이로 묘사되는 범인을 떠올린 것이다. 코난의 범인은 전신에 검은 쫄쫄이를 입은 채 등장하며 특정되지 않은 누군가로 상징된다. 어느샌가 그건 두려운 존재보단 우스꽝스럽게 희화화되어 소비되었다. 주원은 그 검은 존재를 실제로 마주한 느낌이었다. 실제로 마주한 검은 몸은 결코 우습지 않았다. 피처럼 끈적이는 검은 잉크를 뒤집어쓰고 주원은 한동안 덜덜 떨었다. 순도 100% 검은 잉크의 맛은 아주 썼다.

남자는 어느새 흔적도 없이 사라졌다. 남자가 있던 자리에는 주원이 뿌린 검정색 잉크만 웅덩이처럼 고여 있었다. 주원의 목에는 쥐어짠 수건처럼 한껏 수축된 느낌이 강렬하게 남았다. 주원은 쉬지 않고 기침을 해댔고 검은 잉크가 안개처럼 분사됐다. 주원에게 잉크를 맞고 온몸에 뒤집어쓴 남자는 증발하듯 사라졌다. 바닥에는 주원이 뿌려댄 잉크 통 3개가 빈 채로 뒹굴고 있었다. 몸을 일으키고 정신을 차린 주원은 상황을 이해했다. 주원이 세운 가설이 들어맞았다.

책 속에서 나온 남자. 세상에 큰 문제를 일으키지만 아무도 알지 못하고, 책 속에 다녀온 주원에게만 보이는 존재. 그를 구성하는 물질이자 제거해버릴 수도 있는 것은 잉크였다. 활자를 찍어 없던 존재를 존재하게 하는 재료, 그를 탄생시킨 구성 물질. 주원의 엉뚱한 발상은 유효했다. 주원은 남자가 벗어둔 옷을 뒤져 〈아무도 모른다〉를 찾아냈다. 책장을 휘리릭 넘겨 마지막 장에 다다랐다. 책의 가장 마지막 장. 연쇄 살인을 저지른 범인이 사라진 지금, 이야기는 어떻게 되었을까?

아무도 모른다

[윤순영]

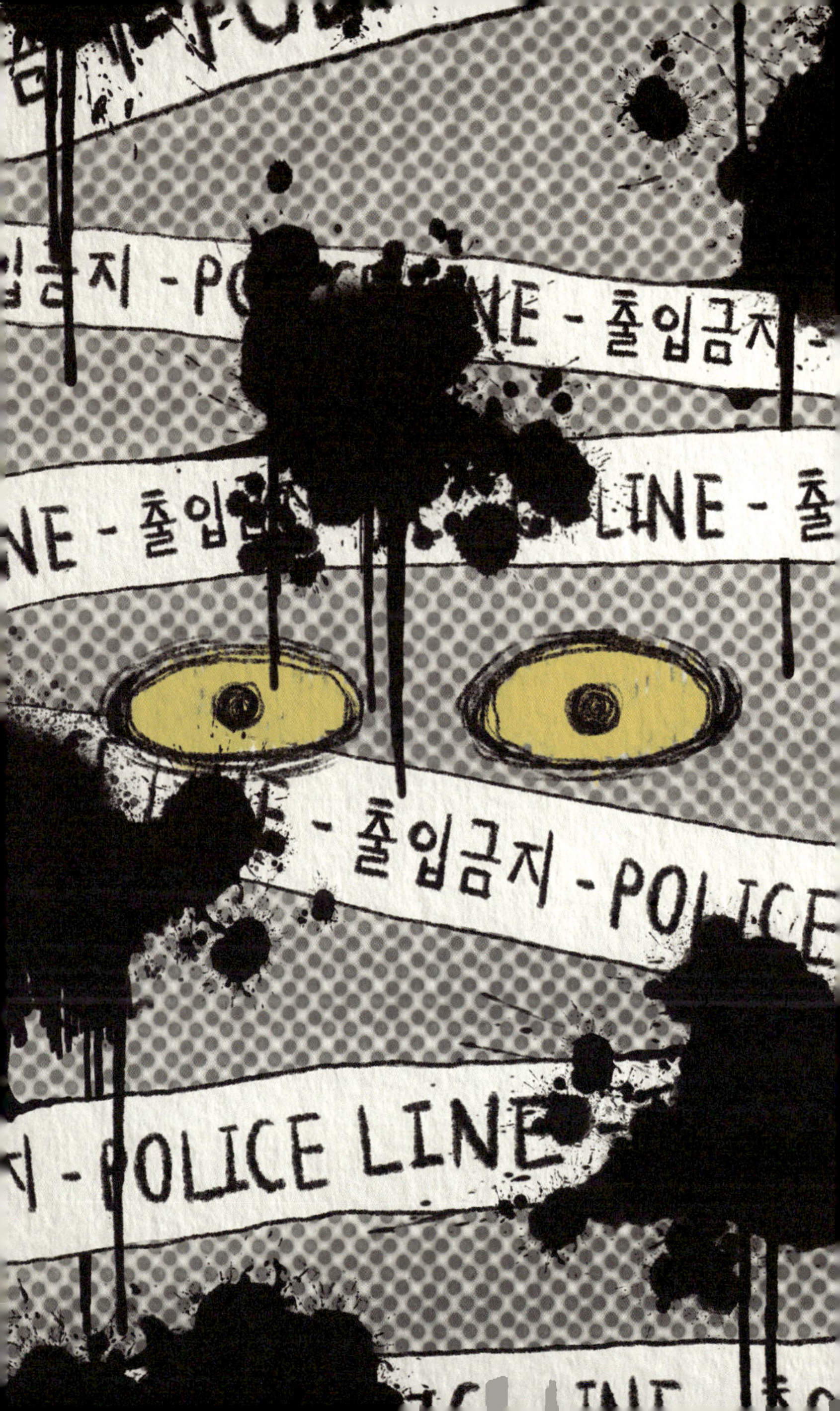

NE - 출입금지
LINE -
- 출입금지 - POLICE
- POLICE LINE

안녕, 미미 시스터즈

임성용

여기야.

자동문이 스르륵 미끄러지고 익숙한 얼굴이 카페로 들어온다. 번쩍 든 내 손을 보고 깐따가 웃는다. 7년 만에 보는 깐따는 통통했던 볼살이 빠지고 얼굴이 길어졌다. 부스스했던 곱슬머리는 단정한 숏컷으로 변했다. 어째, 조금 섭섭하다. 민소매 아래 까무잡잡하게 드러난 피부는 여전히 건강해 보인다. 앞에 앉는 깐따를 따라 8월의 달아오른 아스팔트 냄새가 슬쩍 따라왔다.
밖에 많이 덥지?
여름이 그렇지. 야, 넌 그대로다.

뭐래? 넌 너무 예뻐졌는데?

오~ 사회성.

아이스 아메리카노를 주문하고 잡다한 안부가 지나갔다.

부모님은? 아직 외국에 계셔?

아니. 이제 외국 지겹다고, 작년에 아빠 조기 퇴직하고 고향에 귀촌. 어제까지 있다가 왔는데, 트럭도 사고, 이 더운데 비닐하우스 짓는다고 난리블루스야. 몇 년 있다가 이장할 거래.

아주 바람직한 부모님이구만. 그래, 네가 예전부터 부모 복이 좀 있었지.

그런가? 하긴 우리 아빠나 장 여사가 좀 글로벌 마인드긴 하지. 넌 어떻게 지내? 저번에 그 일 아직 해?

아니, 얼마 전에 때려치웠어. 인턴이라고 쥐 잡듯이 일을 시켜서. 지금은 아빠 가게 도우면서 취준생.

그래, 그렇구만. 그럼 오늘은 내가 산다.

오~ 직장인. 나야 땡큐지. 근데 넌 거기 어디 연구소 있다고 안 했어?

어 맞아. 오클랜드대학 연구소. 나도 직장이라고 하기는 좀 그래. 연구원. 박사과정 하면서.

오~ 박사. 뉴질랜드 박사, 좀 하는데?

야, 이제 3학기째야. 그냥 조교 비슷한 거야.

그 뭐, 전공? 연구하는 게 뭐야?

'질랜디아'라고, 바다에 잠겨 있는 뉴질랜드 아래 대륙, 뭐 그런 거야.

흠, 뭔가 심오하게 모르겠군.

그래 맞아. 심오하게 잘 몰라서, 그래서 연구하는 거야.

오~ 역시 박사.

깐따가 화장실에 다녀오고 이야기의 공백이 찾아왔다. 깐따가 무언가를 끄집어낼 것이다. 어려서도 그랬으니까.

저기…

역시 뭔가 나온다.

솔미 기억해?

깐따가 빨대로 커피 속의 얼음을 휘저으며 말했다. 갑자기 솔미가 내 간격 속으로 쑥 들어왔다. 7년의 시간을 단숨에 뛰어넘어, 1500도의 마그마가 2900km 두께의 맨틀을 뚫고 나오듯이, 미미 시스터즈가 다시 내 앞으로 소환됐다.

박미미.

장 여사가 '미' 음을 좋아해서 내 이름은 그리되었다. 여러 나라를 떠도는 아버지의 직업 탓에 리비아의 벵가지에서 태어났다. 지중해의 푸른 바다와 작열하는 태양, 사하라 사막의 살인적 열기와 모래폭풍, 은 전혀 기억나지 않는다. 세 살 때부터는 브라질에 2년, 다섯 살부터는 싱가포르에 2년을 살았다. 뽀빠이를 좋아해서 뜬금없이 올리브의 대사를 읊어 대곤 했다. 장 여사 말로는, 두 발로 서면서부터 TV 화면에 기대어 서서 'oh my god! Help me, Popeye!'를 외쳤다고 한다. 그 탓인지, 장 여사는 너무 어린 나이에 외국을 떠돌며 자라는 외동딸의 정체성 형성을 걱정했다. 고민 끝에 장 여사는 초등학교부터는 딸과 함께 고국에 머물기로 했다.

8살에 귀국한 나는, 영어를 조금 할 수 있고, 코피가 자주 나고, 가끔 빈혈로 'oh my god!'을 외치며 쓰러지는 아이였다. 초등학교에 입학하자, 장 여사는 한국이 더 낯선 외동딸이 왕따라도 당하지 않을까 염려했다. 결국, 치맛바람을 휘날리기로 마음먹었다. 나서는 걸 싫어했지만 일단 마음먹으면 실행력이 우사인 볼트급인 장 여사는, 그때부터 학교를 들락거렸다. 학기 초에는 하얀 봉투를 들고, 소풍 때는 3단 도시락을 들고, 운동회 때는 반 전체에 햄버거를 돌렸다.

그리고 박솔미.

솔미는 왜 솔미가 되었는지 모르지만, 초등학교 2학년 때 같은 반이 된 이후로 우리는 자주 같이 묶였다. 같은 성에 비슷한 이름 때문에 세트로 묶이기가 십상이었다. 땀에 전 붉은 악마 티셔츠를 입고 '오~ 필승 코리아!'를 외치던 여름이 지나고 3학년이 되었을 때, '버블 시스터즈'라는 여성 4인조 그룹이 나왔다. '예쁜 것들은 다 죽었어'라며, 비주얼 가수들을 돌려 까고 가창력을 과시했다. 얼결에, 비주얼도 가창력도 없는 우리도 덩달아 미미 시스터즈로 불리기 시작했다. 가끔은 '미파솔'로 불리기도 했고 '콩나물 대가리들'로, 줄여서 '콩나물즈'로 불리기도 했다. 그러다 마지막에는 미미 시스터즈로 굳어졌다. 그러는 동안 우리 둘 사이에 딱히 나쁜 감정이 생기지는 않았다. 그래도 놀림감이 되는 게 피곤해서 서로에게 데면데면했다. 그게 버릇으로 굳어져서 일정한 거리가 되었다.

시간이 지나면서, 나는 장 여사의 치마폭 덕에 좀 엉뚱하고 허약해도 교실에서 존재감 있는 대한민국 초딩으로 자랄 수 있었다. 반면, 원래 조용했던 솔미는 미미 시스터즈가 되면서 더 조용해졌다. 젤리와 과자를 달고 살아 점점 몸집이 불었다. 혼자 노트에 무언가를 그리거나 끄적이고 있을 때가 많았다. 가끔 아이들에게 놀림거리가 되기도 했다. 자리에 앉다가 치마의 지퍼가 터졌을 때도 그랬고, 체육 시간에 철봉에 매달리지 못할 때가 그랬다.

나도 철봉에 매달리지 못했지만, 아이들의 놀림의 색깔은 솔미와 달랐다. 빈혈로 기절을 해서 양호실에서 깨어나면, 'oh my god!'을 외치며 내 흉내를 내는 아이들도 있었지만, 별 반응을 일으키지는 않았다. 그런 일이 반복되면서 솔미는 점점 더 조용하고 뚱뚱한 솔미가 되어갔다.

그 후로도 미미 시스터즈는 종종 청소나 숙제 그룹으로 묶이곤 했다. 중학교 때는 다른 학교로 갈렸다가 고등학교에서 다시 솔미를 만났다. 반은 달랐지만 출석을 부르다가 자매냐고 묻는 선생님도 있었다. 덕분에 학교에 가면 솔미를 감지하는 안테나가 움찔거리며 곤두설 때가 많았다. 복도나 등하굣길에 마주치거나, 교내 사건에 솔미의 이름이 묻어나올 때도, 나는 예의 굳어진 거리를 발동시켰다.

박솔미?

응.
알지. 나 한때 개랑 씨스털스였잖아.
오~ 발음, 오~ 유학파.
근데 솔미는 왜?
너 기억 안 나?
무슨?
고3 때 담임이 아무 말도 안 했어?
담임? 고3 때? 야 벌써 7년도 넘었는데, 유학 가고는 연락한 적 없어.
그럼 자영 씨는?
너희 담임?
그래, 봉투 이자영.
아니, 아무 말도 못 들었는데? 왜?
깐따는 빨대를 물었다 놨다.
이 이야기를 해도 되는지 나도 모르겠다. 다 지난 일이기도 하고, 넌 기억에도 없는 것 같고. 나는 그 후에 너희 담임이나 자영 씨가 너한테 어떤 식으로든 이야기했을 거라고 생각했거든. 역시 봉자영, 봉투만 처먹을 줄 알았지. 쭛.

야, 깐따. 뭔 말이야?

이년아, 아직도 깐따냐? 내 나이가 스물여섯이다.

아, 미안, 버릇돼서. 그래 정현아, 뭔 말이냐고.

솔미 말이야.

그래 솔미가 왜?

너 진짜 기억 안 나? 3학년 여름방학 전날, 체육 시간.

응? 체육복 갈아입다가 쓰러졌지 아마? 빈혈로, 나 가끔 그랬잖아. 그게 왜?

고3 여름방학 하루 전날.

나는 또 기절했다. 간간이 있는 일이라 별 심각한 일도 아니었지만, 이번에는 좀 달랐다. 번잡한 소리에 눈을 뜨니 소독약과 뭔가가 섞인 냄새가 났다. 칸막이 커튼이 쳐져 있다. 팔에 링거도 꽂혀있다. 어수선하게 시끄러운 걸로 봐서 병원이다. 또 기절했나 보다. 기절하면서 어디를 부딪혔나? 왜 양호실이 아니라 병원까지 왔지? 천장 조명에 눈이 부셔 눈을 다시 감았다. 주변이 칠판에 쓴 '체육! 운동장!'이 떠오른다. 순간, 허전해서 가슴을 더

듣어 보니 브래지어가 없다. 옷도 병원복으로 갈아 입혀져 있다. 바지춤을 들춰보니 팬티도 갈아입혔다.

oh my god!

튀어나온 소리에 장 여사가 커튼을 걷고 들어왔다.

엄마, 내 옷 왜 이래?

뭐가? 이년아, 지금 옷이 문제야? 나 간 떨어지는 줄 알았어. 너 또 기절했어. 기억 안 나?

체육 시간에… 옷 갈아입고 있었던 것 같은데?

다른 기억은 안 나?

무슨?

아, 아냐.

근데 옷이 왜 이렇냐고!

아, 옷? 그거 내가 갈아입혔어.

팬티도?

어? 응.

왜? 엄마가 내 팬티를 왜 갈아입히는데?

그건….

뭐, 뭔데? 혹시… oh my god!

그래 이년아, 너 오줌 쌌어.

뭐? 교실에서?

어? 응. 그랬나봐.

애들 다 봤겠네?

그…랬겠지? 옷은 병원에서 내가 갈아입혔어.

아 씨, 쪽팔려. 나 학교 안 가.

야, 아프면 그럴 수도 있지. 뭘 그런 걸 신경 써.

뭐가 그럴 수 있어? 엄마 같으면 괜찮겠어?

뭐 일부러 그런 것도 아니고, 애들도 이해하겠지. 근데 너 진짜 다른 기억은 안 나?

아 씨, 오줌 싼 것도 기억 안 나는데 뭐가 더 나. 아, 몰라 몰라. 나 학교 안 가. 전학 아니, 유학 보내줘.

갑자기 뭔 소리야? 이게 틈만 나면 유학 타령이야.

엄마, 오줌 싼 학교를 어떻게 가.

알았어, 알았어. 힘도 없는 년이 웬 생떼야. 그 이야기는 나중에 하고, 일단 쉬어.

아 씨, 정말 쪽팔려서.

오랜만에 병원 온 김에 빈혈 검사 다시 받아보자. 근데, 정말 다른 건 생각나는 거 없어?

아, 뭐? 또 뭐가 더 있어야 되는데?

아냐 아냐, 일단 쉬어. 좀 자.

이런저런 검사를 했다. 수혈을 두 번 받고 자다 깨다를 반복했다. 입안에서 쇠 냄새가 나다가 몸에 힘이 돌아왔다. 사흘 만에 약을 한 보따리 타서 퇴원했다. 집에

오니 장 여사가 뉴질랜드로 어학연수를 가라고 했다. 그렇게 졸라도 안 보내주더니, 투정 한 번 부렸다고 덜컥 가라니.

갑자기?

이년아, 쪽팔린다며! 아빠가 거기 몇 년 더 있어야 한다니까, 있는 동안 거기서 공부해. 고등학교 한 학기 밖에 안 남았잖아. 현장학습 처리하고 병결 처리하면 출석일수는 간당간당해도 졸업장은 나온대. 졸업하고 대학은 네 맘대로 해.

그건 또 언제 알아보셨대? 왜 이리 적극적이야? 오줌 싼 건 난데, 좀 수상한데? 딸이 부끄러워?

그래, 이년아. 부끄럽다. 왜? 가기 싫어? 싫음 말고.

아니 가는데, 그래도 좀 심하네, 엄만데.

보내 달라고 징징댈 때는 언제고, 없는 돈 빚내서 보내준대도 난리야.

알았어, 알았어. 감사합니다. 장 여사님.

아, 시끄러. 비자 나오는 대로 바로 가.

바로? 그게 언젠데?

다음주.

다음주? 엄마는?

나는 집 나가야 가지. 전세 내놨어. 먼저 가 있어. 아빠가 마중 나올 거야.

애도 아니고 마중은 무슨.

이년아, 너 애 맞거든. 어이구 몰라, 너 혼자 알아서 가든가.

아하, 다음 주라….

뭔가 찜찜했지만 한국 입시를 벗어날 좋은 기회였다. 깊이 생각하지 말기로 했다. 오줌 싼 덕이기도 하지만, 일단 가고 보자. 인사할 만한 친구는 깐따 밖에 생각나지 않았다. 만나면 오줌 이야기가 나올 것 같아 전화로 사정을 말했다.

그렇게 됐어.

도깨비도 아니고, 갑자기 뭔 일이래? 근데 너 정말 괜찮아?

괜찮다는데 왜 계속 물어?

아냐 아냐, 근데, 그날 기억은 나?

오줌 이야기는 절대 기억나지 않기로 마음먹었다. 실제로 기억도 나지 않으니 거짓말은 아니다.

무슨? 체육복 입다가 쓰러졌잖아. 나 가끔 그랬잖아. 뭐 별일이라고.

아, 그래, 그렇지. 알았어. 잘 다녀와. 좋겠다 이년, 유학도 가고. 자주 연락해.

일주일 후에 비행기를 탔다. 자리에 앉아 기내식으로 나온 빵을 수프에 찍으며 생각해 보니, 덕분에 미미 시스터즈도 자연스럽게 해체되었다. 앞으로 안테나를 곤두세울 필요가 없다. 앞으로 내 인생에서 솔미를 마주치는 것조차 쉬운 일이 아닐 것이다. 왠지 찜찜한 느낌이 들었지만, 시원한 기분도 들었다. 난 시속 800km로 날아가는 비행기에 앉아 적당히 부른 배를 만지다가, 지린내 나는 오줌도, 미미 시스터즈도 쿨하게 날려버리고 잠들었다.

너,

진짜 그날 기억이 없구나?
뭔 소리야. 뭔 기억?
난 지금까지 긴가민가했는데, 어쨌든 너 그길로 학교 안 나왔잖아.
그랬지. 사실 빈혈이라 수혈받고 며칠 있다 괜찮아졌어. 근데 우리 장 여사가 갑자기 어학 가라잖아. 그때 아버지가 뉴질랜드에 있었거든. 그전부터 한국 고3 하기 싫어서 유학 보내 달라고 그렇게 졸랐는데, 한국에서 고등학교까지는 졸업해야 한다고 콧방귀도 안 뀌더니, 갑자기 가래? 그래서 냉큼 물었지.

그래, 그건 나도 알지. 근데, 그날 일 진짜 기억 안 나?

뭔 소리야. 아까부터.

안 나는구나, 진짜.

아 그니까 뭐냐고?

에이, 몰라 몰라. 네 잘못은 없지만… 알게 되면 충격받을 수도 있어.

왜? 뭔데? 야 내 나이가 몇인데 옛날이야기로 충격을 받냐. 내 나이가 스물여섯이다. 아마 너랑 동갑일걸?

그럼 이야기한다? 네가 하라고 했다? 진짜?

그래, 해봐.

알았어. 솔미, 박솔미 걔. 자살했잖아.

뭐?

그 사건 있었잖아. 멜로디언 사건.

'멜로디언 사건'이라는 두 단어가 깐따의 입에서 나와 귀로 옮겨 오는 동안 카페 안의 공기가 돌변했다. 서늘하고 휘청거리는 공간 속에 이질적으로 튀어나온 커피잔이 후두둑 기울어졌다.

어마, 미미야, 왜 그래? 괜찮아?

기울어지는 커피잔을 테이블 위에 놓고 흐트러진 초

점을 바로잡으려고 애썼다.

어라? 왜 이러지? 이상하네?

거봐, 내가 괜히 이야기를 꺼냈나보다 야. 미안.

아냐. 괜찮아. 근데 왜 이러지? 요즘 빈혈도 없는데….

이지러진 카페 조명 위로 커튼 같은 어둠이 내려왔다. 마음속으로 'oh my god! Help me, Popeye!'를 외쳐도 소용없었다. 더 짙은 어둠이 내려와 시야가 천천히 가려졌다. 어둠 속 먼 곳에서 자잘한 주파수의 소리가 들리기 시작했다. 소리는 점점 커지면서 알고 있는 형태의 소리로 자라났다. 그 소리와 함께 후텁지근한 온도가 어둠 속에 그득그득 차올랐다.

맴 맴 맴

쓰롸 쓰롸, 쏴~. 늘어져 엎드린 귓속으로 매미가 3중창으로 울어댄다. 아침부터 후텁지근하더니 2교시가 끝나니 30도를 넘었다. 이틀 만에 돌아온 교실 속은 마흔한 개의 몸뚱이가 뿜어내는 열기와 쉰내로 가득하다. 3교시에는 에어컨을 틀어 주려나. 내일이면 방학이지만 기대도 없다. 어차피 내내 보충 수업이다. 한 일주일 놀려 주려나. 짠순이 장 여사는 어학도 보내 주지 않고. 에이, 기대를 말아야지. 3교시 체육은 보나 마나 자습일 테니, 잠이나 더 자자.

야, 박미미.

깐따 목소리다.

누구?

나다 이년아. 작년 네 짝지.

아 네.

너 아직 모르지?

뭘?

너 아프다고 며칠 학교 쨌잖아.

고개를 들어보니 뭉실뭉실한 곱슬머리가 부옇게 보인다.

아 네, 3반 반장님. 그래서 뭐냐고요.

우리 반 젤리녀, 너 시스터.

누구? 박솔미? 야, 아니라고. 이제 그만 좀 엮으라고. 안 그래도 더워서 짜증 만땅인데.

야, 암튼, 걔 자살 시도했잖아.

oh my god! 순식간에 열기가 사그라들었다. 서둘러 안경을 찾아 썼다. 까무잡잡한 깐따가 눈알을 동그랗게 뜨고 쳐다보고 있다.

뭔 소리야?

저번에, 그 왜 우리 반, 멜로디언 사건 있었잖아.

며칠 전 3반에서 멜로디언 도난 사건이 났을 때 솔미 이름이 슥 흘러나왔다. 나는 익숙하게 상관없는 일이라고 무심한 거리를 만들어 흘려버렸다.

그게 왜?

울 담임 지금 없잖아. 출산휴가.

그렇지.

근데 자영 씨가 우리 반 부담임이잖아.

봉자영?

그래 이년아.

작년에 봉투 사건 때문에 담임 못 한다며.

맞아, 교장이 그것 때문에 담임도 안 시켰다는데, 얼결에 또 담임 된 거지. 하여튼, 덕분에 자영 씨가 또 나섰지. 애들 눈 감기고 양심 불량이네 뭐네 자수하라고 분위기만 싸하게 만들고, 결국, 도둑은 잡지도 못했잖아. 우리 봉투 이자영 씨께서 자기 입으로 양심 불량이라니, 참 어이가 없어서.

근데?

아 근데, 그렇게 대충 넘어가는가 싶었는데, 누가 솔미 찍었잖아. 보나 마나 은실이파지. 은실이 고 년은 그만하면 얼굴 예쁘지, 발육상태 빵빵하지, 공부는 뭐⋯ 하여튼, 지가 뭐가 아쉬워서 그 지랄을 떨고 다니는지 알 수가 없단 말이지. 어쨌든, 순식간에 소문 쫙, 솔미는 졸지에 도둑년 된 거지. 근데 걔 진짜 아니었나 봐. 수면제 먹었어. 점심시간부터 엎드려 자던 애가 5교시 시작해도 안 일어나는 거야. 그래서 억지로 깨웠는데도 안 일어나는 거야. 그때부터 119 출동하고 난리 났잖아.

그래서, 솔미는?

살았어. 다음 날 바로 학교도 왔어. 우리 반 분위기 싸하고. 우리 눈치 없는 자영 씨는 다음 날 멜로디언 하나 떡 사 와서, 담임 책임도 있으니 자기가 책임진다고 사바사바 하고 대충 끝냈어. 그렇게 끝내면 솔미가 뭐가 되냐, 안 그래? 근데 웃긴 건 은실이 그 년이 뭐라고 다니는 줄 아냐?

뭐라는데?

다 쇼래, 솔미가 수면제를 안 죽을 만큼만 먹었다 이거지. 진짜 미친년 아니냐?

설마, 뭐하러 그렇게까지 해?

그렇지? 근데, 은실이 년이 중학교 때도 솔미 괴롭혔대.

진짜?

너 노쓰 알지?

노스페이스? 패딩?

그래, 우리 중딩 때, 그거 개 유행했잖아. 노쓰 안 입으면 학교 가기 쪽팔리고 막 그랬잖아. 그래서 짝퉁도 많이 입고, 솔직히 반에서 서너 명은 짝퉁이었잖아.

그래, 그랬지.

그때도 은실이 년이 솔미한테 지랄을 떨었나 봐. 다른 짝퉁도 많은데 유독 솔미한테만 지랄을 떨었대. 근데 고등학교 와서 아직도 저러나 보네.

미친년이네.

그래 개년이야. 이름은 촌년인데, 그치?

그렇네, 촌 삘이네. 근데 3반 반장께서 이리 천박하게 비속어를 남용하셔도 됩니까?

지랄, 그러고 보니 미미 네 이름도 좀⋯.

그건 우리 장 여사의 음악 사랑 때문이지. 아, 음악 사랑 존나 싫어.

지랄. 근데, 솔미 개 분위기가 좀 침침하기는 하잖아? 맨날 곰돌이 젤리만 씹고. 가방에 젤리가 가득 찼다는 소문도 있어. 은실이파가 지랄 떨기 딱 좋지. 가끔 혼자 중얼대기도 하고.

뭐라고?

나도 모르지.

아, 우리 깐따께서 모르는 것도 있네요?

아직 많이 부족하지.

깐따가 까불며 머리를 주억거리고 있는 사이에 주번이 나와서 칠판에 적었다. '체육! 운동장!'

갑자기? 왜?

주번은 어깨를 으쓱하고 사물함으로 가서 체육복을 꺼냈다.

아침 전체 조회 때, 교장이 비타민D 부족이 어쩌고저쩌고 구시렁거린 것의 나비효과라고 본다.

깐따가 말했다.

아 나비 싫어. 나비효과 존나 싫어.

옷이나 갈아입어 이년아. 나 간다.

운동장에 나가니 주번이 체육 창고에서 뜀틀을 꺼내고 있었다. 일 년 내내 눈 밑이 거뭇한 뽕쟁이 체육이 아이들 줄 세우느라 호루라기를 불어댄다. 일단 운동장을 세 바퀴 돈다기에 손을 번쩍 들고 옆으로 빠졌다. 뽕쟁이 따라 운동장 돌기도 싫고, 바보같이 경중거리며 뜀틀을 넘기도 싫어서, 스탠드에 앉아 있을 수 있는 생리파가 되었다. 아이들은 먼지를 날리며 뛰어갔다. 교장 말 한마디에 이 더운 날 운동장을 뛰다니, 시끄러운 매미 소리

따라 왕왕 짜증이 일어났다.

　짜증을 식히려 운동장 끝 수돗가로 갔다. 물을 틀고 요렇게 저렇게 튀기며 괜히 노닥거리고 있을 때, '퍽'인지, '퍼벅'인지 소리가 났다. 이어 가볍게 먼지 냄새가 났다. 돌아보니 화단 앞에 옆으로 비틀어 누운 무언가가 있었다. 가까이 가 보니 흐트러진 교복 위에 노란색 명찰이 보였다. 박솔미. 솔미는 솔미라기보다 떨어뜨린 수박 같았다. 교복 아래로 검은 물감 같은 게 번져가고, 정강이를 뚫고 무언가가 튀어나와 있었다. 햇빛에 하얗게 반사되는 무언가는 너무 하얗고 반짝이기까지 했다. 그게 뼈라는 생각이 들자 다리에 힘이 풀려 주저앉았다. 그래도 그 반짝이는 낯섦에서 눈을 뗄 수 없었다.

　솔미가 또 죽었다. 이번에는 확실한 방법을 선택했다. 솔미의 교복 블라우스는 점점이 붉어지고 시멘트 바닥의 얕은 골을 따라 검붉은 물감이 흘러왔다. 주저앉아 얼어붙은 나에게까지 흘러와 마침내 엉덩이를 적시기 시작했다. 미지근한 온도를 타고 무겁고 깊은 무언가가 옮아오고 있었다. 내 피와 솔미의 피가 만난다고 생각됐다. 나는 가짜 생리파인데, 그래도 그렇게 생각됐다. 그렇게 만나 어딘지 모를 깊은 곳으로 흘러내리고 있다고 생각할 때, 아이들의 비명이 들렸다. 뽕쟁이 체육이 호루라기를 불며 뭐라 뭐라 소리를 지르고, 나는 더 깊은 곳으로 흘러내리다가 온통 어두워졌다.

눈을 뜨니,

곧바로 내리쬐는 조명에 눈이 아프다. 소독약 냄새와 어수선한 소음으로 보아 병원이다. 팔에는 링거가 꽂혀있고 침대 옆에 얼굴이 길어져서 낯선 깐따가 앉아 있다. 고개를 살짝 들어보니 옷은 그대로다. 다행히 이번에는 오줌은 싸지 않았나 보다. 아니, 그게 아닌가? 캄캄한 눈꺼풀 너머에서 정강이를 뚫고 나와 반짝이던 뼈와, 노랗게 빛나는 명찰과 하얀 블라우스를 점점이 적셔가는 붉은 반점들, 검붉은 마그마처럼 흘러내려 내 엉덩이를 적시던 온도가 떠올랐다. '이런, 장 여사. 오줌이 아니었잖아.'

미미야, 괜찮아? 정신 들어? 선생님 애 깨어났어요. 선생님?

야!

어?

나 괜찮아. 좀 조용히 해. 쪽팔려.

응? 알았어. 쪽팔린 것 보니 괜찮네, 이년.

의사가 와서 눈을 뒤집어 보고 간호사가 혈압을 다시 쟀다.

원래 빈혈도 있으셨다고도 하고, 별 큰 문제는 아닌 것 같습니다. 현재 드시는 약 있으시죠?

아 예.

그럼 그거 잘 챙겨 드시면 될 것 같고요, 오늘은 단순 피로와 스트레스 같습니다. 링거 맞고 좀 쉬면 괜찮을 겁니다.

네. 감사합니다.

의사가 옆 침대로 옮겨갔다.

미안해. 내가 괜히 옛날 일 들춰서.

아냐 괜찮아.

하여튼, 난 요 입이 방정이야. 생각 없이 나불대다가 맨날 사고를 쳐.

네 잘못 아냐. 우리 장 여사 잘못이고 내 잘못이지.

뭔 소리야 갑자기?

깐따야. 아니 정현아.

응?

기억났어.

…그랬구나.

나라는 인간 참, 어떻게 그렇게 까맣게 잊고 있었지?

그냥 지워버린 거네. 실제로 이런 일이 있구나. 신기하네. 그나저나 우리 장 여사도 참.

야, 네 엄마는 그럴 수 있지. 하나밖에 없는 딸인데.

그래, 그럴 수 있지. 근데 깐따, 아니 정현아.

왜?

그 뒤에 어떻게 됐어?

뭐, 너 기절하고?

응.

야, 다 지난 일인데, 몰라도 돼.

이제 기억도 다 났는데, 그리고 내가 괜찮다는데 뭐가 문제야. 기왕 이렇게 된 거 다 말해줘.

그래도, 너 또 기절하면 나 천벌 받을 것 같단 말이야.

괜찮아. 아까는 갑자기 난 기억 때문에 쇼크 상태였던 거고, 이제 내 기억도 아니잖아. 기절 안 해. 모르고 찝찝하게 사는 것보다 듣고 해소하는 게 나아.

아 이년. 박사는 박사네. 쓰는 단어가 아주 고급져. 진짜 괜찮겠어?

그래, 괜찮아.

에이, 몰라 몰라. 그럼 진짜 한다?

그래.

너 기절하고,

애들이 우루루 수돗가로 몰려갔어. 몇 명은 비명 지르고 뽕쟁이는 애들 교실로 들어가라고 소리치고, 뽕쟁이 체육 기억나?
응.
그래, 하여튼, 체육이 호루라기 빽빽 불면서 계속 소리치는 바람에 전교생이 창문으로 얼굴 다 내밀고 구경했어. 뽕쟁이가 그것 보고 또 얼굴 집어넣으라고 소리치고. 근데 애들이 말을 듣냐고. 어떤 애는 울고, 엄마 찾고. 뽕쟁이가 이리저리 허둥대다가 급한 대로 자기 체육복 점퍼를 벗어서 솔미 얼굴에 덮었어. 근데 얼굴을 덮고 나니까 더 끔찍한 모양새가 된 거야. 흘러내린 피에 부러진 다리도 그렇고. 애들이 또 소리 지르고. 그래서 뽕쟁이가 무언가 더 덮을 걸 찾으러 체육 창고로 달려가고, 그새 교감하고 학주가 뛰어나왔는데, 막상 둘 다 솔미한테는 다가갈 엄두도 못 내고, 얼결에 쓰러져 있는 미미 너한테만 매달려서 허둥대다가 교감이 넘어졌어. 하필 넘어진 데가 피가 고인 곳이라, 교감이 또 비명 지르고. 우루루 선생들이 몰려나오고, 난리도 아니었지. 그새 다시 돌아온 뽕쟁이가 체육실에서 들고 온 현수막으로 솔미를 다시 덮었어. '제57회 개교 기념 체육대회' 현수막이 점점 붉게 변하는 걸 전교생이 다 보고 있었지. 완전 비현실적인 느낌이었어. 조금 있다가 구급차랑 경찰차 오고.

그래도 다음 날 종업식하고 방학했어. 근데 자영 씨가 나 불러서 당분간 너한테 연락하지 말라는 거야. 혹시 연락 와도 솔미 이야기는 모른 척하라고. 너희 반 애들도 담임한테 똑같은 말 들었다고 하고. 그래서 네가 충격받아서 그러나보다 했지. 근데 며칠 있다가 네가 유학 간다고 하니까 깜짝 놀랐지.

그랬구나.

며칠 있다가 여름방학 보충 수업 첫날, 오전 수업 마치고 우리 반은 솔미 장례식장에 갔어. 자영 씨하고 학주가 인솔해서 갔는데, 솔미는 빈소도 조용하더라. 식구는 외할머니밖에 없고. 고3인 내가 봐도 좀 쓸쓸했어. 자영 씨가 우리보고 열 명씩 들어가서 절하라고 했어. 근데 애들이 그런 걸 해봤어야 알지. 다 쭈뼛대고 있었지. 그 와중에 교회 다녀서 절 안 한다는 애들도 있고. 참 우리 자영 씨, 지금 생각해도 어찌 그리 어설픈지. 허둥지둥하는데, 지켜보던 학주가 나서서 정리했잖아.

다 같이 묵념하자. 뒤에 애들도 안으로 들어와.

빈소가 좁아서 몇 명은 신발장 근처에 서서 학주가 시키는 대로 묵념했어. 아이들 몇 명은 울고, 대부분은 어색해하다가 집으로 돌아왔지.

다음 날부터 며칠 동안 경찰들이 들락거리면서 애들한테 이것저것 캐묻다가, 학폭위 열리고, 은실이랑 딴 애 몇 명 전학 갔어. 너도 그때쯤 유학 가고.

그렇구나.

교실에서 솔미 책상도 뺐어. 근데 애들이 솔미 있던 자리에 아무도 안 앉으려고 해서 그 자리는 맨날 비어 있었어. 그러고는 금방 조용해지더라. 원래대로 돌아갔지. 보충 수업, 자습, 보충 수업. 자습.

깐따가 말을 멈추고 한숨을 푹 쉬었다.

왜? 힘들어?

아냐. 좀 숨차네. 근데 너 진짜 괜찮아?

응 괜찮다니깐, 진짜.

알았어. 계속한다?

그래.

보충 수업 시작하고 한 일주일 동안은 조용했어. 근데, 얼마 안 있어 이상한 일이 일어났어.

무슨 일?

5교시,

 자영 씨 수업이었어. 그 날도 아침부터 푹푹 찌는 날이었는데, 점심시간 뒤라 에어컨 바람 타고 반 전체에 식곤증이 솔솔 퍼지고 있었거든. 근데 갑자기 누가 비명을 꽥 지르는 거야. 반 전체가 소리 나는 데를 쳐다봤지. 보니까 명진이가 새파랗게 질려 있는 거야. 우리 반 부반장 명진이, 기억나?

 아니.

 그래. 어쨌든, 자영 씨가 필기하다가 돌아서서 물었지.

 명진아, 왜 그래.

 샘. 여기, 저거….

 명진이가 손으로 가리킨 데를 모두 다 쳐다봤어. 솔미 자리더라고. 보니까 단추만 한 뭔가가 있는 거야. 자세히 보니까 젤리야.

 곰돌이 젤리?

 응. 솔미가 입에 달고 살던 젤리 말이야.

 설마, 누가 흘렸겠지.

 그건 아무도 모르지. 어쨌든 여기저기서 애들 비명

지르고 난리가 났어. 자영 씨가 그냥 젤리라고, 아무것도 아니라고, 애들 진정시키려고 했는데, 별 효과도 없고. 옆 반에서 수업하던 다른 샘들 오고, 그날은 얼렁뚱땅 넘어갔어. 근데, 그게 끝이 아니었어. 그 뒤로 학교 여기저기에서 곰돌이 젤리가 나오는 거야. 어떨 때는 화장실 변기 위에, 어떨 때는 운동장 스탠드에, 수돗가에, 사물함 위에, 교문 입구에 음각으로 새겨놓은 교훈 속에. 많이도 아니고 딱 하나씩. 젤리가 발견될 때마다 학교에 비명 소리 나고, 언젠가부터 그 젤리가 솔미 젤리로 불리기 시작했어.

학주가 전체 조회 때, 누군가 고약한 장난을 치는 거라고, 잡히면 가만 안 둘 거라고 협박도 했는데, 그래도 계속 나왔어. 결국, 학주가 전교생 가방 검사를 했지. 실제로 곰돌이 젤리를 포함해서 젤리가 몇 개 나왔어. 근데 웃긴 게, 그걸 애초에 어떻게 탓할 거야. 젤리를 왜 사 먹냐고 나무랄 수도 없는 일이잖아? 걸린 애들은 '젤리 먹는 게 죄냐', 전해 들은 학부모들은 '왜 그런 거로 애들을 나무라냐' 이러니, 말이 안 되는 거지. 우주선이 날아다니는 시대에, '얼마 전에 자살한 학생이 즐겨 먹던 젤리가 학교 여기저기에서 자꾸 나와서요.' 이러고 학부모한테 설명할 수도 없는 노릇이잖아? 조회시간에 학교에 군것질거리 반입 금지라고 방송 한번 하고, 어영부영 넘어갔지.

근데 그 뒤로도 계속 솔미 젤리가 나왔어. 이번에는 교감 책상 위에, 운동장 조회대 위에, 자영 씨 차 위에. 그 지경이 되니까 겁먹고 보충 수업 안 나오는 애들이 생겼거든. 선생들도 솔미 젤리를 발견하면 바짝 긴장하고. 결국, 며칠 있다가 학교 전체 보충 수업이 취소됐어. 졸지에 보충 수업 없는 여름방학이 된 거지. 근데 그 뒤에 더 괴상한 일이 벌어졌어.

무슨?

집에 있은 지 며칠 안 돼서 자영 씨한테서 연락이 왔어.

정현아.

예 샘.

저기… 학교에서 솔미 위로 제사를 지내기로 했어. 내일 저녁 여덟 시. 너는 반장이니까 참석하는 게 좋지 않을까? 강제적인 건 아닌데, 명진이는 온다고 했어.

참나, 자영 씨는 지금 생각해도 참 좀 그래. 어쨌든, 부반장도 온다는데 반장인 내가 안 갈 수는 없을 것 같아서 간다고 했어. 근데 막상 가보니까 그냥 제사가 아니더라고.

그럼 뭐야?

너 굿 알지? 무당이 귀신 부르고 징 치고 북 치고 하는 거.

굿을 했다고? 학교에서?

응. 우리 반 교실에서.

진짜?

그렇다니까. 교감하고 자영 씨가 어찌나 비밀로 하라고 해서 그때는 말 안 했는데, 방학 끝나고 학교 가니까 벌써 소문 다 났던데 뭐. 어쨌든, 다음 날 학교에 갔다? 시간 맞춰 가니까 어두컴컴하더라고. 학교에 애들이 하나도 없으니까 좀 으스스했어. 중앙 현관으로 가니까 경비 아저씨가 내 이름 묻고 문 열어주더라고. 교실로 올라갔지. 근데 계단 올라가는데 이상한 소리가 들려. 웅웅 울리는 그런 소리. 4층에 올라오니까 교실 앞에 명진이가 서 있더라고. 그래서 아는 척하고 교실 안을 봤는데, 깜짝 놀랐잖아.

왜?

교실 여기저기 울긋불긋한 천이 둘러 쳐 있고 교탁 자리에 제사상이 있는 거야. 옆에는 눈썹을 진하게 바른 남자가 하얀 한복을 입고 앉아서 징을 두드리고 있고. 앞에는 색동 한복에 하얀 고깔 쓴 무당이 눈을 감고 서 있더라고. 더 놀란 건, 교실 중간쯤에 돗자리를 깔아놨는데, 거기에 교감하고 학주, 자영 씨하고 은실이, 은실이 엄마까지 무릎을 꿇고 앉아 있는 거야.

은실이도?

응. 그랬다니까. 어쨌든 나도 교실에 들어가야 하나 고민하고 있는데, 명진이가 우리는 복도에 있으라고 했다는 거야. 그럴 거면 우리는 도대체 왜 부른 거야? 참나.

그러게?

어쨌든 경비 아저씨까지, 우리 셋은 복도에 서 있었어. 좀 있다 눈 감고 가만히 서 있던 무당이 제사상 초에 불을 붙이더라고. 근데 그때 보니까 제사상에 뭐가 있었는지 알아?

뭐?

젤리. 제사상 중간에 곰돌이 젤리를 접시에 한가득 담아 놨더라고.

왜?

나도 모르지. 물어볼 수도 없고. 좀 황당하대. 어쨌든, 무당이 초에 불 붙인 다음에 뒤돌아보고 말했어.

학교에 있는 불은 모조리 _끄소_.

그러니까 교감이 경비아저씨에게 불을 다 _끄_라고 했어.

예? 가로등하고 경비실도요?

예, 끝날 때까지요.

근데, 저 비상등은 끌 수가 없는데요. 건물 전체 전원을 차단하지 않는 이상 저건 안 꺼집니다.

그러니까 교감이 교실 문 위에 녹색 비상등을 한 번쓱 쳐다보고 무당한테 고개를 돌렸거든? 그러니까 무당도 마지못해 고개를 _끄_덕이더라고.

그럼 비상등은 두고 나머지는 다 꺼 주세요. 빨리요.

아, 예.

비상등은 안 꺼도 되는 거야? 그러려면 불은 왜 모조리 _끄_라고 한 거야?

그러니까, 내 말이. 말도 안 되는 상황 같은데, 다들 진지하더라고. 어쨌든 경비 아저씨가 달려가고 곧 불이 다 꺼졌어. 조명이 다 꺼지고 나니까 징 소리가 빠르고 무겁게 나기 시작했어. 촛불만 켜진 교실에서 꿩꿩꿩꿩… 소리가 계속 나니까 뭔가 멍해지더라고. 징 소리가 복도에서 증폭되면서 학교 구석구석으로 옮겨가는 그런 느낌?

안 무서웠어?

약간 무서웠던 것 같기도 한데… 그래도 신기하기도 해서, 뭐 재밌기도 했어.

변태 같은 년.

그런가? 내가 좀 그런 면이 있긴 해. 어쨌든, 그러다가 무당이 뭘 중얼거리다가 국수 같은 종이 뭉치를 들고, 징 소리에 맞춰 제자리에서 뜀을 뛰기 시작했거든? 그러니까 그 뒤에 꿇어앉아 있는 사람들이 막 비는 거야. 몸을 앞뒤로 흔들면서 손바닥을 비비면서 싹싹 빌어.

아이고 솔미야, 아이고 미안하다. 미안하다 솔미야. 선생님이 미안하다.

아줌마가 미안하다. 솔미야, 용서해라 솔미야. 제발 용서해라. 뭐해, 기집애야. 빨리 빌어!

은실이 엄마가 빌다가 은실이 옆구리를 쿡 찔렀어.

아 진짜. 전학도 갔는데, 지금 와서 어쩌라고?

이게 진짜. 조용 안 해! 빨리 안 빌어?

그러니까 은실이가 못 이긴 척 손바닥을 모으더라고.

아이고 솔미야. 불쌍한 솔미야. 선생님이 미안하다.

아이고 아이고 용서해라.

꽹꽹꽹꽹….

가만 보고 있으니까 좀 웃기더라고. 은실이 말이 맞는 것도 같고. 지금 와서 이게 다 뭐냐 싶더라고. 다들 겁먹은 건 이해하지만 이런다고 뭐가 달라질까? 그리고 사람이 죽은 것도 아니고, 학교가 무너진 것도 아닌데, 고작 곰돌이 젤리잖아. 도대체 어른들의 세계는 어떻게 돌아가는 거지? 이런저런 생각을 하는 사이 징 소리가 끝도 없이 울리고, 무당이 뛰다가 말하다가 노래인지 곡소리인지 모를 소리를 내기도 했어. 사람들은 계속 빌고, 절하고. 나는 계속 복도에 서 있다가 어떻게 끝났는지도 모르게 집에 오니까 열두 시가 다 됐더라고.

그러고는?

뭐가?

솔미 젤리 안 나왔어?

안 나오기는?

그럼?

더 많이 나왔지.

뭐야, 왜?

그니까. 웃긴 일이지. 개학하고 학교 왔는데, 며칠 간은 솔미 젤리가 간간이 나왔어. 애들 또 놀라고, 이럴 거면 굿은 왜 했냐고 수군거리고. 근데 날이 갈수록 점점 더 자주 나오는 거야. 교실이고 운동장이고, 여기저기에 너무 많이 나와. 그렇게 계속 많이 나오니까, 이제 애들이 안 놀라. 가을쯤 되니까 오히려 짜증 내. 이제 장난 좀 그만 치라고, 귀신인지 사람인지 모르겠지만, 정신 차리고 수능 대비나 잘하자고 고함치고. 아예 젤리를 봉지째 사서 나눠 먹는 반도 생기고. 결국, 솔미 젤리는 그냥 곰돌이 젤리로 돌아온 거지. 아무 일도 아닌 게 돼버린 거야.

그랬구나.

좀 허무하지?

응. 그렇기는 한데….

근데?

'질랜디아'라고 있어.

응? 네가 연구한다던 그거?

응. 1995년에 지질 물리학자 브루스 루엔딕(Bruce Luyendyk)이라는 사람이, 오세아니아에 지금까지 알려지지 않았던 또 다른 아대륙이 존재한다고 주장했어. 질랜디아라는 이름을 처음으로 사용한 사람이었지. 추정면적은 490만km², 오세아니아 대륙 860만km²의 절반이 넘는 면적이지만 전체의 97%가 바다에 잠겨 있지. 2017년에 뉴질랜드 지질 핵 과학 연구소(GNS) 지질학자 열한 명이 질랜디아가 실존한다는 연구결과를 발표했어.

잠깐, 얘 왜 이래? 선생님? 선생님 여기요. 얘 좀 이상해요.

네, 잠시만요.

건조한 간호사의 대답이 지나가고 의사가 왔다.

무슨 일이시죠?

애가 이상한 헛소리를 해요. 기절할 때 어디 다친 것 아닌가요?

의사가 침대 끝에 걸린 차트를 보며 말했다.

아니요, 소견에 외상은 없습니다. 저기요, 환자분? 박미미 씨?

예.

괜찮으세요?

예. 그냥 할 말이 좀 있어서요.

알겠습니다. 잠깐 동공 체크만 할게요?

의사가 눈을 까뒤집어 플래시로 비췄다.

동공 반응 정상이고요. 스트레스 상황에서 갑자기 말이 많아지는 경우도 있어요. 걱정 안 하셔도 될 것 같습니다. 링거 다 맞고 나면 바로 가셔도 됩니다.

아, 네. 알겠습니다. 야, 너 뭐야. 질랜… 뭐? 깜짝 놀랐잖아.

질랜디아, 이 상황이 질랜디아 같아서.

하, 나 참, 엉뚱하기는. 너 여전하구나.

나 괜찮아.

그래, 알았어.

계속한다?

뭘?

질랜디아.

또?

응.

하, 그래. 해봐라. 어차피 링거 맞을 동안 할 것도 없는데, 어디 뭔지 들어보자.

97%가 바다에 잠겨 있어도 대륙이란 말이야. 물 밖에 나온 3% 따위는 전혀 중요한 기준이 아닌 거지. 그런데 사람들은 그 3%만 보고 살잖아. 솔미도 대륙이었을 거야. 근데 우리가 다 무시했잖아. 특히 내가 그랬고.

야, 이야기가 왜 그렇게 돼. 네가 뭘 어쨌다고.

아냐, 적어도 나는 그러면 안 됐어. 초등학교 때 미미 시스터즈가 된 뒤부터 난 솔미로부터 점진적으로 멀어지려고만 했거든. 남극에서 떨어져 나온 빙산같이.

야, 무슨 말도 안 되는 소리야. 굳이 따지자면 은실이 고 년 잘못이지, 봉자영도 좀 지분 있고.

그래, 그것도 있겠지. 근데 내가 외면한 것도 사실이야. 솔미는 물 위로 드러난 3%의 눈빛과 몸짓으로 한 말들이 있었을 텐데.

야, 심각해지지마. 그렇게 생각하면 살면서 잘못한 게 한 둘이겠어? 심지어 나는 반장이었다. 책임 따지자면 나도 3%쯤 있어. 근데 어떡할 거야. 다 그 정도는 모른 척하고 사는 거지.

솔미 젤리처럼?

그래, 돌아온 곰돌이 젤리처럼.

그런가? 그래도 되나?

되고 안 되고가 어딨어. 별수 있냐? 그냥 사는 거지.

박미미 님?

예?

좀 괜찮으세요?

예.

간호사가 링거를 확인하고 팔에 꽂힌 바늘을 뺐다. 바늘 뺀 자리 주위로 퍼렇게 멍이 들었다.

다 됐습니다. 멍은 이삼일 있으면 없어질 거예요. 좀 오래 가는 경우도 있는데, 금방 없어질 거예요.

예.

이제 가셔도 됩니다. 나가시면서 수납하시고요.

예. 감사합니다.

야, 가자.

응.

근데 너 어디로 가?

숙소 잡아 놨어.

어디? 호텔?

응.

우리 집 가도 되는데, 좀 지저분하기는 해도.

아냐, 내일 뉴질랜드 돌아가서, 공항 근처에 잡았어.

그래, 그럼 나가서 밥이나 먹자. 네가 산다며.

그래, 고기 먹자.

안녕, 미미 시스터즈

[이지선]

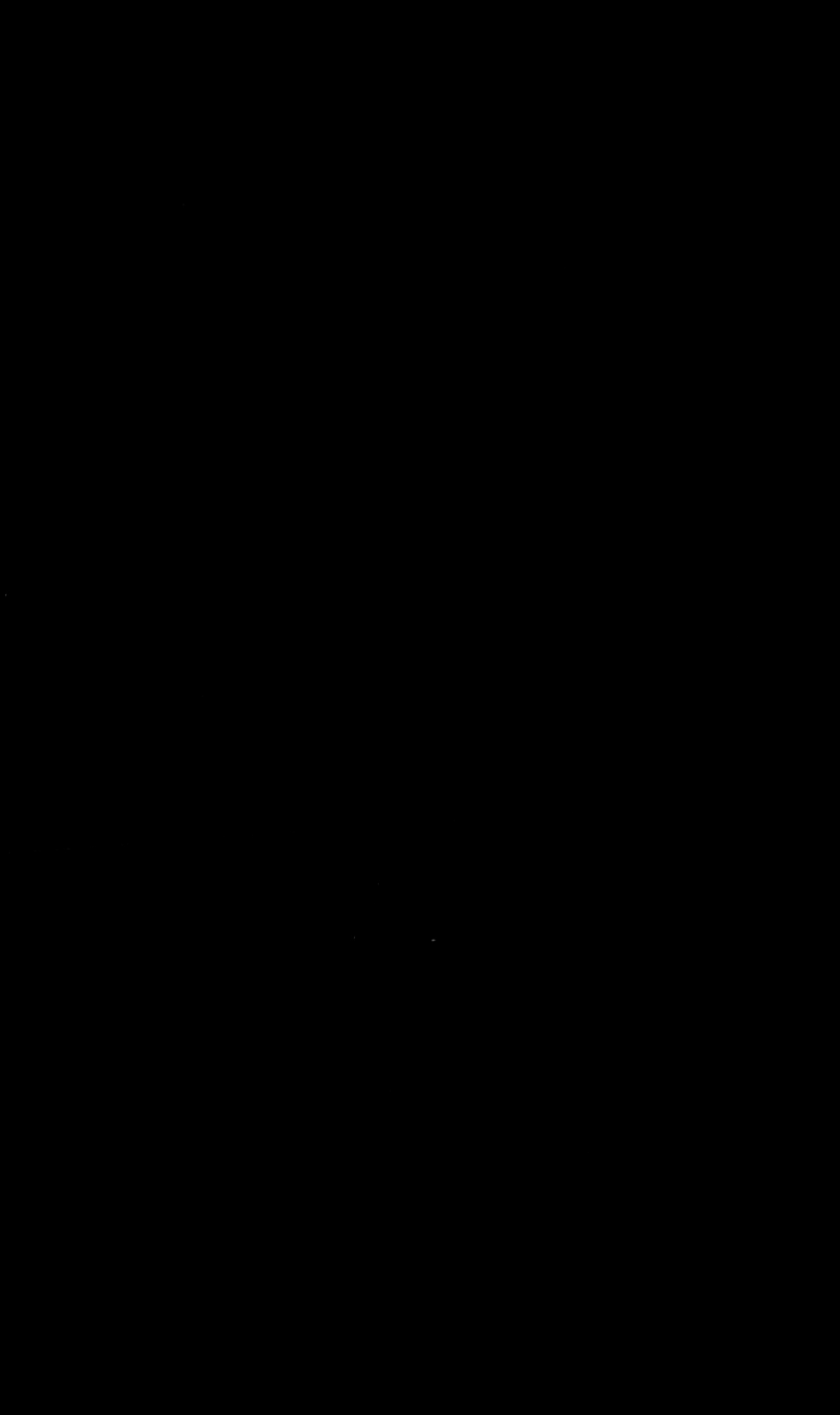

피크닉

이정임

1

 서면 삼호타워 스타벅스는 평일 낮에도 사람이 많다. 바깥 기온이 연일 최고점을 찍고 있어 거리는 한산했지만, 매장은 북적였다. 사람들은 주로 2층을 돌며 빈자리를 찾았다. 매장 근처에 어학원과 고시학원이 있어서 젊은 사람이 계속 올라왔다. 백팩을 메고 매장을 여러 바퀴 돌던 여자가 가까스로 한 자리를 잡고 앉았다. 얼굴에 손부채를 부치며 계속해서 주변을 두리번거렸다. 자신이 앉은 자리가 마음에 들지 않는 모양이었다. 그러다 여자는 맞은편 좌석의 여성, 주영과 눈이 마주쳤다. 주영은 눈 한 번 깜박이지 않고 여자를 바라봤다. 멋쩍어진 여자는 괜히 주영 뒤편의 벽에 걸린 미술 작품으로 눈을 돌렸다. 가로 길이만 3m는 족히 될 작품에는 들판의 풍경이 그려져 있고 하단에 손으로 접어 만든 하얀 꽃이 입체적으로 붙어 있었다. 주영은 여자의 시선을 따라 벽을 돌아봤다. 수선화인지 백합인지 정확하지 않지만 오십여 송이 꽃은 크기가 다양했다. 막대사탕 크기부터 성인 남성의 활짝 편 손바닥 크기까지 있었다. 커다랗게 부푼 것은 속을 들여다보고 싶을 정도였다. 들여다봐야 비어있겠지만, 치밀한 작가라면 꽃의 수술 같은 것을 만들어 붙여뒀겠지만, 귀한 '말씀'이 적힌 쪽지가 들어있으면 근사하지 않을까 생각했다. 미래를 예언하는 포춘쿠키처럼.

주영이 다시 제자리로 고개를 돌렸을 때 앞자리 여자가 없었다. 저 멀리, 공부하는 사람들이 많이 모인 긴 테이블로 옮겨간 게 보였다. 쟁반을 들고 지나가던 남자가 주영을 흘끗거렸다. 주영은 사람들 눈에 자주 들어왔다.

작품의 왼쪽 귀퉁이를 배경으로, 노란 소파에 앉은 주영은 등을 곧게 편 채 흐트러짐 없는 자세였다. 작품 위의 할로겐 등이 주영에게 노란빛을 뿌려 흰 피부가 돋보였다. 몸에 들러붙는 검은색 반소매 니트 원피스를 입었는데 군살 없는 체형이다. 무엇보다 주영은 회색 샤넬 머플러를 하고 있어 눈에 띄었다. 긴 목을 감추는 것처럼 미이라 붕대 두르듯 원피스 안쪽 쇄골 부분까지 꼼꼼하게 감고 있었다. 누가 봐도 한여름에는 갑갑하다 여길 만한 스타일링이다. 주영 앞의 테이블 한가운데에는 구찌 로고를 단 검은 핸드백이 있었다. 명품과 주영이 만드는 분위기 때문에 맞은편에서 보면 패션 화보 찍는 현장 같았다. 주영은 꼿꼿한 자세로 손에 든 음료의 빨대를 입에 물었다. 네모난 팩에 든, 사과 맛 '피크닉'.

2

주영은 2주 만에 고향인 부산을 다시 찾았다. 한동안, 주영은 포교 실적이 낮은 이 지역에 있어야 했다. 교회 본부에서 주영을 파견했다. 지역 할당량을 채우기 위해 내일부터 다른 지역의 열성적인 신도들이 이곳으로 몰려온다는 뜻이기도 하다. 그들은 두 명씩 조를 짜서 지하철역과 번화가를 다니는 사람에게 설문 조사지를 돌리고 경품추첨 이벤트를 이유로 연락처를 수집할 것이다. 주영은 그 신도들을 관리하고 감독하는 역할을 맡았다. 신도가 오기 전에 집중할 포교 장소를 물색해야 했지만 주영은 꾸물댔다. 어차피 이 더운 날씨에 길에서 붙잡힐 행인은 없을 것이다.

그래도 일은 해야 하니, 주영은 홍보 글을 올리려고 휴대전화의 SNS 어플을 열었다. 새만금 야영지에 있다는 잼버리 대회장에서 청소년 스카우트 대원들이 폭염과 벌레로부터 고생하고 있다는 피드가 자주 떴다. 내일부터 포교원들과 그들에게 붙들린 행인은 길에서 이런 고생을 하게 될 것이다. 본부에서는 그곳으로 자원봉사를 가네 마네, 논의 중인 것 같았다. 다른 사람 주머니를 보는 일이 그렇게 쉬운 줄 아나. 공중에서 돈이 뚝 떨어지는 것도 아니고. 혼자서 중얼거리던 주영은 핸드백에서 피크닉을 한 팩 더 꺼냈다.

다람쥐 통. 멀리서 보면 뱅글뱅글 도는 것이 회전목마와 다를 바 없어 보이는, 대관람차의 축소판처럼 생긴 놀이기구. 주영은 이곳에 내려온 어제부터 줄곧 다람쥐 통을 떠올렸다. 삼십 년도 더 전에 그걸 탔는데 그 기억이 불쑥 솟았다.

지금은 사라지고 없지만, 서면에서 멀지 않은 부산어린이대공원에 놀이동산이 있었다. 8, 90년대 부산진구에 살았던 어린이라면 주요 소풍 장소였던 그곳의 88열차, 바이킹, 범퍼카를 타본 기억이 있을 것이다. 주영 역시 동생, 친구들과 함께 놀이동산엘 종종 올랐다. 거기 다람쥐 통 하나에 네 사람이 들어가 두 명씩 마주 보고 앉을 때는 설렜다. 너비가 큰 안전벨트를 허리에 채우면 곧 엄청난 속도로 통이 굴러갔다. 자전하는 지구가 태양 주변을 돌 듯 통은 부지런히 돌았고 네 사람은 앞구르기 하며 뱅글뱅글 자전했다.

도는 속도에 깜짝 놀라 소리 지르면, 앞자리의 아이가 거울에 반사된 주영처럼 똑같이 입을 열었다. 이 고함이, 이 표정이, 이 나부끼는 머리카락이, 내 것이냐 네 것이냐. 참 어지러웠다. 이 와중에 누군가의 주머니에서 빠진 동전들이 쨍그랑거리며 통속을 같이 뒹굴었.

'바쁘다 바빠 현대사회'를 비유적으로 형상화한 기구가 있다면 그 통이 아니었을까? 다람쥐 통 제작자가 어린이에게 '어른 세계 미리 보기'용으로 만든 도구. 빠르게 회전하던 통이 잠시 숨 고를 시간을 줄 때, 주영은 마주 보고 앉아있던 동생에게 말했다. …조금만 참아. 통 속의 아이들은 이내, 동전과 함께 쨍그랑거리며 비명을 주고받았다. 기구 운행이 멈추고 일행은 내렸다. 그들 중 누군가는 월급명세서를 확인한 어른처럼 헛웃음 짓고, 누군가는 중요한 피티를 망친 어른처럼 울었으며, 누군가는… 토했다. 간밤에 직장 상사의 양복 주머니에 남은

'쏘·야'를 담아주던 일이 떠오르는, 숙취의 아침처럼.

 그래놓고 얼마간의 시간이 지나면 어린이들은 다람쥐 통을 또 탔다. 질색했던 그 날의 일을 잊고, 아니 잊지 않았는데도 그 다람쥐 통을 다시 찾아서. 주영은 그때마다 동생에게 조금만 참아, 말했다. 허공을 떠도는 동전에 손을 뻗으면서.

 커피를 마시러 온 이곳 사람들은 뭘 잔뜩 담은 가방을 메거나 쟁반을 들고 매장을 돌았다. 도토리 묻을 자리를 찾는 다람쥐도 아니고, 쳇바퀴 돌 듯 뱅글뱅글. 그들은 널찍한 테이블에, 음료 주문도 없이 차지한 주영을 노려보며 지나쳤다. 무엇이 너희를 그토록 고통스럽게 하는가. 손바닥만 한 핸드백과 사과 과즙 농축액 1.143% 함유된, 200ml 한 팩에 약 400원짜리 음료를 앞에 둔 주영은 허리를 더욱 꼿꼿이 세우며 지나는 사람을 향해 작게 중얼거렸다.

 조금만 참아.

 이곳 모두가 그때 다람쥐 통에 함께 있던 사람들이 아닐까, 주영은 그런 생각을 하며 알바 모집 어플에 글을 올렸다.

 <가족, 친구 등 주변인과의 소통 언어가 현재 자신의 정

서에 미치는 영향에 관한 설문조사를 받습니다>

· 건당 30,000원

· 초보 가능

· 어린 시절부터 노출된 언어 환경이 자신의 현재 정서를 어떻게 이루는지 연구하는데 필요한 설문조사를 받습니다(선착순 50명). 본 연구는 개인정보 동의서가 필요해서 첫날에는 면담 형식으로 조사를 진행합니다.(서면역 인근, 신청 당일 면담 가능) 이후에는 온라인 설문조사서를 제출하시면 됩니다. 설문조사는 총 30여 개의 문항으로, 1시간 정도 소요됩니다. 1주에 한 번, 6개월 동안 진행됩니다.

 공감할 수 있는 이야기로 친밀한 관계를 맺되 상대의 고민을 중심으로 접근할 것. 사람 사이의 관계 때문에 발생하는 소외감, 고립감을 느끼게 할 것. 상대가 이 감정을 알아차릴 수 있도록 일깨워라! 주영은 파견 온 신도들에게 늘 이런 교육을 했다. '가족과 친구에게서 너는 소외당했다. 알게 모르게 이용당하지 않았는가. 네가 참고 살았다는 것을 내가, 우리가, 알아본다.'

 그렇게 모집된 사람은 영성 훈련소에 합숙하러 떠났다. 주영이 열성적인 신도였을 때, 그녀는 주로 스터디 카페에서 독서모임을 개설하거나 가벼운 심리상담을 제안했다. 경품 추첨 이벤트에 당첨됐다는 말을 건네기도 했다. 요즘은 논문연구에 필요한 설문조사를 내세웠는데 시급이 센, 꿀 알바로 보이기 좋았다. 그래도 낯선 이의 접근이 부담스러워 사람들은 곁을 잘 내주지 않았다. 어차피 느낄 거리감이라면 주영은 명품을 몸에 두르는 방식으로 신뢰도를 높였다. 물론 이제는 잘 통하지 않지만.

주영은 같은 글을 여러 알바 모집 게시판에 올렸다. 몇 개는 누군가의 신고를 받아 블라인드 처리되었다. 엊저녁에 SNS 인기페이지에 댓글로 알바 모집 홍보 글을 올리고 있는데 누가 주영에게 디엠을 보냈다.

언제까지 참아?

앞뒤 없이 달랑 한 문장이었다. 보낸 사람은 (알 수 없음)이라 적혀 있었다. 보내놓고 계정을 없앤 모양이다. 참는 일은 언제까지 해야 하는가. 그 참는 일은 저 사람의 것인가, 주영의 것인가. 그나저나 도대체 무엇을 참는단 말인가. 포교를 하면서, 주영은 온갖 욕설을 들어보고 노상 무시당했다. 저녁에 녹초가 되어 자리에 누우면 사람이 사람에게 가질 수 있는 일생의 악의를 혼자 다 받아낸 기분이었다. 그래도 참아낼 수 있었다. 어리석은 네가 구원받을 수 있도록, 내가 다 참아주겠다. 그러니까 너도 참아.

주영은 알 수 없는 그이가 어쩌면 알 수도 있는 사람일 거라 짐작했다. 하지만 보냈을 만한 사람이 한 명도 떠오르지 않았는데 그 말은 보냈을 사람의 수가 엄청나게 많다는 뜻이기도 했다. 욕설도 아니고 비난도 아닌 단순한 질문이 주영을 골몰하게 만들었다. '알 수 없음' 양옆의 괄호가 주영을 붙들고 놔주지 않았다.

오고야 말 상황이었다. 일어날 일이었으니 결국 그렇게 되는 거다.

주영의 말버릇이 '참아'라면 주영의 엄마는 어떤 이야기를 하건 마지막엔 꼭 '오고야 말 상황'이라고 결론 내렸다. 사귀던 아저씨를 따라 영성 훈련소에 들어가 석 달 합숙을 하고 나오던 5년 전부터다. 사이비라는 생각에 말렸지만, 사기를 당해 제정신이 아니던 엄마는 그곳에서 오히려 살 힘을 얻었다. 주영은 엄마의 입버릇으로 말이 마무리되려면 앞에는 어떤 문장이 동원되는지 궁금해서 엄마가 말할 때마다 가만히 듣곤 했다. 엄마의 말버릇이 처음에는 과거에 대한 체념으로 들렸는데 언제부턴가 미래에 대한 희망처럼 들렸다. 그래서 엄마를 따라 훈련소에 들어갔다. 제한된 일이 많았지만, 공동체

구성원은 대체로 주영에게 친절했다. '내가 이곳에서 평안을 얻는 이 일은 오고야 말 상황이었다. 일어날 일이었으니 결국 이렇게 된 거다. 감사하다.' 주영은 그렇게 믿기로 했다. 아니 믿어야 했다.

언제까지 참아야 하나. 주영은 흔들렸다. 가장 빠른 속도로 360도 회전을 여러 번 하던 대공원 초록색 다람쥐 통에 탄 사람처럼.

3

주영은 아까부터 마주 보는 자리에 앉은 지수를 눈여겨봤다. 회색 면 티셔츠와 베이지색 면바지를 단정하게 입었지만, 어울리지 않는 초록색 등산 모자를 쓰고 실내를 도는 모습이 시선을 끌었다. 마스크와 모자에 가려 자세히 보진 못했지만 붉은 반점이 얼굴에 퍼져 있었다. 말린 어깨로 구부정하게 서서 자주 두리번거리고 눈에 띄지 않으려 느릿느릿 움직이는 모습이 사람 많은 곳에서 위축되는 유형이라 짐작했다. 지수가 주문을 위해 1층으로 내려가자 주영은 테이블에 놓인 지수의 책을 유심히 봤다. 근처 어학원 토익 교재였다. 교재 하단에 스티커가 붙어 있었다. 스티커에는 이지수라는 이름이 작게 인쇄되어 있었다.

자리로 돌아온 지수는 책은 펼쳐보지 않고 휴대전화에 몰두했다. 그러면서 자꾸 이마를 긁었다. 지수의 얼굴을 보면서 주영은 여러 가지를 떠올렸다. 가려움에 지친 그 표정을 주영도 한때 가지고 있었다. 그 표정의 시기에는 지나가는 바람에라도 의탁하고 싶어진다. 낫는다면 무엇이라도 믿고 싶은 마음으로. 그 얄팍하고도 호물거리는 마음은 쉬워서 백도처럼 잘 뭉크러졌다.

주영은 한때 수학 과외를 하며 돈을 많이 벌었다. 연간 스케줄을 꽉 채워도 과외 대기자가 줄을 설 지경이었다. 칠 년 정도는 쉬는 날 없이 일했다. 그때 번 돈으로 소형 아파트를 사고 명품도 샀다. 아버지가 일찍 돌아가셨어도 엄마가 사기를 당했어도 그럭저럭 지낼 수 있었던 건 주영의 경제력이 컸다. 주영은 동생의 학비도 다 부담했다. 하지만 곧 몸이 상했다. 면역력 저하로 발생하는 질병들을 얻어 자주 아팠다. 잘 낫지 않았고 일에도 지장을 줬다. 부잣집 사모들은 아무리 실력 좋은 과외 선생이라도 울긋불긋한 피부를 가진 주영은 거부했다. 원인을 모른다는 피부염을 없애기 위해, 주영은 스트레스를 다스려준다는 곳을 찾아다녔다. 나중에는 과외 일을 접고 엄마를 따라 단식원, 기도원, 영성 훈련소에 들어갔다. 훈련소에서 말하는 신을 완전히 믿지는 않았다. 그래도 피부병이 낫자 이 정도는 치료비라고 생각해도 되겠다 싶은 만큼 떼어 교회에 헌금했다. 그러고 나니 믿어졌다. 믿음을 나눌 사람을 찾아 그들의 고립감을 없애겠노라, 포교 활동도 했다.

그나저나 저이를 어디서 봤더라. 주영은 자리에서 일어섰다. 그리고 말했다.

그만 해요. 피 나요.

깜짝 놀란 지수의 어깨가 들썩거렸다. 오른손을 이마에 얹은 채 주영을 올려봤다. 이것저것 궁리하던 지수는 자기도 모르게 갑갑한 모자를 벗었고, 아까부터 이마를 긁고 있었다. 오른쪽 관자놀이의 발진이 터져서 피가 났는데 그것도 모르고 계속 긁었던 거다. 몸매가 드러나는 옷과 어깨선을 덮은 회색 머플러 때문에 주영의 존재감은 강렬해서 주변 사람들이 지수와 주영을 자꾸 쳐다봤다. 주영은 지수 맞은편에 앉으며 일회용 알콜솜을 건넸다. 지수는 얼떨결에 꾸벅 인사를 하고 허둥지둥 포장을 찢어 피가 나는 자리를 문질렀다.

지수는 고개를 숙인 채 차가운 솜을 이마에 대고 문질렀다. 주영은 알콜솜을 몇 개 더 건네며 고개 숙인 지수의 정수리만 지켜봤고 그동안 지수의 눈에 고인 눈물이 테이블에 똑, 하고 떨어졌다. 한 번 떨어진 눈물은 투둑투둑, 걷잡을 수 없이 쏟아졌다.

4

주영은 동생의 마지막 모습을 우는 표정으로 기억했다. 한 번씩 토라지면 화를 내거나 울기보다 고집스럽게 입을 다물던 아이였다. 그렇게 오랜 시간 소리까지 내며 우는 건 성인이 되고 처음 있는 일이었다. 참고 또 참았다가 한 번에 터져 나온 울음이었을텐데 주영은 사람 몸에서 눈물이 저렇게 많이 나올 수 있나, 그걸 신기하게 여겼다. 일주일 뒤에 미영이 죽을지도 모르고 고작 그런 생각을. 말하지 않아도 끝까지 다그쳐서 왜 우는지 알아냈어야 했는데.

지금 주영 앞에 그때의 미영처럼 우는 지수가 있었다. 테이블에 떨어지는 눈물은 양이 꽤 많았다. 저 몸에는 얼마나 많은 눈물이 저장되어 있을까. 넓게 퍼지는 타원형 눈물 한 방울의 양은 얼마나 될까. 주영의 머릿속에 두 중심거리 a, b로 둘레 값을 얻는 수식이 지나갔다. 아주 오랜만에 떠오르는 수학 공식이었다. 그런 생각을 하다가 주영은 자신에게 놀랐다. 그때도 이렇게 딴생각을 하다가 동생을 놓치지 않았는가.

일단 공감 능력을 어필하며 달래고, 상대방의 문제

를 빨리 파악해 의지할 곳을 만들어주겠다고 해야 한다. 하지만 주영은 처음 보는 수학 문제를 만난 것처럼 어쩔 줄 몰랐다. 평소에 기계적으로, 하지만 싹싹하게 대하던 친절한 멘트가 나오질 않았다. 이상하게, 그리고 싶지 않았다.

미안해요. 내가 마음이 급해서 소리부터 크게 질렀네. 스트레스성 피부염이지요? 내가 그거 얼마나 간지럽고 힘든지 알거든. 첨엔 뭐 난 것도 없는데 간지럽고, 그래서 계속 문지르게 되고, 문지르면 빨갛게 발진 올라오고, 가려워서 문질렀는데 더 간지럽고, 그래서 다시 긁고. 악순환이야. 나도 피부가 그랬다고. 얼마나 간지러웠으면 샐러드 먹다가 포크로 긁었겠냐고.

그제야 지수는 고개를 들어 주영을 바라봤다. 주영이 머플러를 살짝 풀어서 손톱으로 할퀸 것처럼 여러 방향으로 길게 난 붉은 흉터를 보여줬다. 그리고는 다시 꼼꼼히 여며가며 머플러를 정돈했다.

내가 성질이 드럽거든. 긁다가, 긁다가, 나중에는 피를 보더라고. 이게 흉터가 오래 가. 하필 목이랑 가슴팍에 꼭 칼로 그은 거처럼 살이 붉게 나오니까 사람들이 무서워서. 그러니까, 긁지 마요. 손이랑 휴대전화 자주 소독하고, 작은 아이스팩 들고 다니면서 가려울 때마다 갖다 대. 그럼 좀 낫지. 내가 유명하다는 피부과, 한의원, 기치료, 다 다녀봤거든요.

아, 병원!

지수는 시간을 확인했다. 3시가 가까워지고 있었다. 책을 가방에 주섬주섬 넣었다.

저기, 밖에 비 와요.

주영의 말을 듣고 지수는 왼편 창을 바라봤다. 창 위로 빗물이 흘러내렸다. 소나기였다.

비 그칠 때까지 좀 앉았다 가요. 약 처방 뭐 받았어요? 아디팜?

아직 안 가봐서 몰라요. 원래는 몸이 가려웠어요. 그때는 병원에서 열 나는 운동하지 말래서 걸어 다니고 고기랑 술 먹는 거 줄이면서 거의 다 나았는데… 이번에 처음으로 얼굴에 난 거라서 잘 모르겠어요. 다니던 병원 약은 잘 듣지 않아서 서면에 있는 피부과 소개받아서 오늘 가는 거예요.

주영은 엉거주춤 가방을 들고 서 있던 지수를 자기 자리로 데려가 앉혔다. 그리고 가방에서 명함을 꺼내 지수에게 내밀었다. 명함에는 김주영이라는 이름과 휴대전화 번호만 적혀 있다.

나는 수학 과외를 해요.

…수험생들 많이 만나시겠네요. 그러면 고백 이벤트 아세요?

　고백 이벤트?

　네, 좀 전에 누가 전화를 했는데, 기분에 보이스피싱 같은 거예요. 자기가 김미영이래요. 그거 유명하잖아요. 보이스피싱, 김미영 팀장.

　김미영?

　네, 잡지사 같은 데서 무슨 이벤트를 한다고. 그래서 그냥 끊었는데요. 문자를 길게, 엄청 길게 보냈어요. 그거 보면서 믿어야 되나, 말아야 되나, 고민하다가 얼굴을 긁어 버렸어요.

　코가 빨개진 지수는 자신의 휴대전화를 주영 앞으로 내밀었다. 문자 메시지를 읽어보란 뜻이었다. 주영이 예상한 대화의 흐름이 아니었다. 분명 가려움에 대한 질문이 나와야 했다. (이거 빨리 나을 수 있어요? 지금 취업준비 때문에 제일 바쁜데 얼굴이 이래서 아무것도 못 하겠어요. 병원만 다녔어요? 어떻게 나으셨어요? 얼마나 걸렸어요?) 그러면 주영이 질문에 답해주면서 지수 마음의 문제를 거론하고, 믿을만한 거처를 소개하는 수순이 생겨야 했다.

　주영은 지수의 휴대전화를 받으며, 이벤트 문자라면

자신처럼 누군가 포교를 위해 연락했을 수 있겠다고 생각했다. 이럴 때는 거길 가라 해야 하나. 가지 말라 해야 하나. 주머니 여는 일만 신경 썼지, 그 주머니에 뭐가 들어있는지 모르고 살았는데. 늘 생각 없이 기계적으로 말씀을 나누던 주영은 점점 생각이 많아졌다.

5

 이지수 님. 저는 대한민국 시험 관련 뉴스와 콘텐츠를 다루는, 웹진 고시의 김미영 에디터입니다. 갑작스러운 전화에 놀라셨지요? 그래도 설명이 필요하실 것 같아 문자로 말씀드립니다. :) 수험생활은 언제 끝날지 모르고, 노력과 결과가 꼭 비례하지 않다는 점에서 외롭고 괴롭습니다. 하지만 고난 속에서도 어떤 수험생은 누군가의 격려와 응원을 받으며 힘을 냈을 텐데요. 웹진 고시는 그런 수험생, 합격자의 사연을 받아서 고마움이나 애정 등 마음을 고백할 자리를 마련해줍니다. 이 프로젝트가 웹진 고시의 이벤트 <고백, 참지 마세요>입니다. 고시, 공시, 어학, 취업, 자격증 시험까지, 수험생활로 지친 '고시인'에게 활력을 주기 위해 기획된 장기 프로젝트입니다. 전국을 5개 그룹으로 쪼개고 각 그룹의 첫 고백자 다섯 명을 선발해서 지금까지 이어오고 있습니다. 고마움, 응원, 사랑 등을 고백받은 사람은 계속 늘어나고 있습니다. 수험생

모두가 비슷한 경험을 한다는 점에서 공감대를 형성하고, 이 과정에 담긴 사연을 통해 웹진 고시의 모든 구독자가 응원을 받고 동시에 옆 사람을 응원할 수 있는 자리를 만들길 바라는 마음입니다. 우리는 모두, 인생의 중요한 고비마다, 시험에 들게 되니까요.

고백 이벤트는 지난달 벌써 10회차를 진행했고요. 인터넷 검색 포털이나 SNS에서 조금만 찾아보시면 뜨거운 반응을 확인할 수 있습니다. 기사 전문은 사이트에서 확인해보시면 되겠습니다. 아래 링크로 접속하시면 웹진 고시 사이트의 고백·이벤트 페이지로 연결됩니다.

미리 말씀드리자면 한 사연자가 이지수 님께 크게 고마웠던 마음을 고백하고 싶다고 했습니다. 이 분이 어떤 사정 때문에 2년 넘게 지수 님과 연락을 못 했다고 하더라고요. 혹시 성인 이후 다닌 학원에서 기억에 남는 남자분 안 계신가요? ^^

고백 인터뷰 요청하려고 전화를 드렸고요. 고백한 사람은 인터뷰 당일에 알려 드립니다. 혹시 이지수 님도 수험 생활하셨거나 하시는 중이라면 다음 이벤트 고백자도 하실 수 있습니다. 가족, 친지, 은사, 지인 등 누구라도 좋습니다. 제가 약 2시간 뒤에 다시 전화 드리겠습니다. 그때까지 생각해 주시면 감사하겠습니다. 웹진 고시 사무실은 서울에 위치하지만 만약 인터뷰에 응해주신다면 지수님 편하신 날에 부산 서면(남성분이 서면의 학원에서 만났다고 하셔서요^^)으로 찾아뵙겠습니다. 참고로 제 고향도 부산입니다. *^^* 김미영 에디터 드림.
 www.webmagazinegosi.com/go100

6

주영은 여러 번 반복해서 읽었지만 문자의 정체가 잘 파악되지 않았다. 이름마저도 김미영이라니, 이벤트 이름이 '참지 마세요'라니 이 세계가 자신을 시험에 들게 하는 기분이었다. 새로운 포교 활동이라면 벤치마킹해야겠지만, 엄마가 당한 다단계 사기일 수도 있었다. 김미영 에디터가 파놓은 상술이나 사기의 함정이 메시지 어딘가 숨어있을 것 같았다. 혹시 누가 장난을 치는가 싶어 괜히 주변을 둘러보기도 했다.

지수와 주영은 어느샌가 머리를 맞댔다. 지수는 스미싱일 수 있다는 생각에 메시지에 찍힌 링크는 누르지 않았다. 대신 네이버, 다음, 구글을 열어 '웹진 고시'를 검색했다. 실제로 존재하는 사이트였다. 고백 이벤트도 있었다. 여러 사연을 가진 사람들의 인터뷰(고백할 상대와 관련된 에피소드, 시험 합격 비결)가 있었고 사랑 고백

대상자 중 사귀게 되었다는 커플에 대한 후기가 사진과 함께 실려 있었다. 지수는 웹진의 검색기로 김미영을 찾았다. 올해 하반기 채용 시험에 대한 전문가 인터뷰 기사 하단에 '김미영 기자'라고 적혀 있었다.

주영은 지수에게 2년 전에 어느 학원에 다녔느냐 물었다. 지수는 휴대전화 캘린더 어플을 켜고 연습장을 꺼냈다. 성인이 된 이후 지난 오 년 동안 서면을 중심으로 배우러 다녔던 곳을 복기하며 하나하나 적어보았다. 캘리그라피, 요가, 필라테스는 시험을 치기 위해 다닌 과목이 아니므로 죽죽 줄을 그었다. 가끔 실용 글쓰기, NCS 특강 등을 들으러 다녔지만, 그곳에서 인사를 나눌 만큼 인상적인 사람은 없었다. 감염병이 돌던 시기에는 인터넷으로 취업 관련 강의를 수강했으니 수강생과 교류할 일은 전혀 없었다. 지수는 가장 유력한 학원으로 토익을 공부하던 어학원에 동그라미를 쳤다. 무수한 수강생이 드나들던 어학원이지만 지수는 오직 한 사람을 생각하며 동그라미를 여러 번 그렸다.

지수는 대학 2학년 1학기에 휴학을 했다. 돈이 없어서. 오후부터 늦은 밤까지 학원 근처 고깃집에서 알바를 했다. 그즈음 친구 유정이 워킹홀리데이에 도전하겠다며 휴학계를 내고 고깃집 근처에 있는 학원 영어회화반에 등록했다. 지수는 열심히 살아보겠다고 그 학원의 토익수업을 신청했다. 유정과 지수는 고등학교 시절처럼 다시 붙어 다녔는데 학원 내 보카 스터디에도 함께 들어갔다. 6명의 구성원이 각자 맡은 요일마다 시험 문제 30개씩 만들어 올리면 나머지 사람들이 공부한 걸 토대로 문제를 풀어야 했다. 어쩌다 보니 동갑내기만 모였다. 취업준비생들이 아니어서 그랬는지 죽이 잘 맞았다. 가끔 밥과 술을 함께 먹으며 친하게 지냈다. 그 스터디에 우진이 있었다. 지수는 금요일, 우진은 목요일 시험 출제자였다. 가끔 우진의 과외 알바 날짜가 변경되면 지수는 우진과 출제 요일을 바꿔주기도 했다. 스터디 하는 친구들과 식사를 하던 날, 우진은 생일 선물이라며 손목보호대를 선물했다. 무거운 불판과 쟁반을 드느라 손목이 아픈 지수에게 마침맞았다. 지수는 우진을 짝사랑했지만, 끝끝내 고백하지 못했고 우진은 그해 겨울에 입대했다.

 지수는 종이 빨대로 자신이 마시던 음료의 얼음을 쿡쿡 찔렀다.

 이런 것도 썸, 이라고 부를 수 있을까요? 썸을 탔다, 그렇게 생각해도 될까요?

 낮엔 고된 일을 하고 새벽엔 몸이 가려워 잠을 제대

로 이루지 못했지만, 짝사랑의 에너지는 학원 다니며 공부까지 열심히 할 수 있게 만들었다. 지수는 어느 여름날, 우진과 팔이 스치던 순간을 떠올렸다. 그때 지수는 우진과 너무 가까워 자신의 체취가 신경 쓰였다. 백팩 앞주머니의 열린 지퍼를 우진이 발견하고 닫아주던 어느 한낮도 떠올랐다. 키가 큰 우진이 자신의 뒤에 서 있을 때 머리숱 적은 정수리의 허연 쌍가마를 들켰을까 걱정하며 집으로 가는 지하철에서 뿌리 볼륨펌을 검색했다. 우진에겐 의미 없고 지수에게만 의미 있던 장면이었다. 찰나의 묘사들. 그 장면의 연결이 알고 보면 의미 이상의 감동이 담긴 서사가 될 수도 있다니, 지수는 벅찼다. 우진이 좋아한다는 빌리 아일리시의 노래를, 그중에서도 〈Wish you were gay〉를 매일 밤 듣던, 그 시기의 찌질함이 후회됐다.

주영은 지수의 너무나도 자잘하고, 지질하고, 사소하고, 하찮은, 사연들을 묵묵히 들었다. 원래의 주영이라면 말을 끊고 현실을 냉정하게 돌아보게 한 뒤, 정리했을 이야기였다. 아니, 이런 이야기를 처음 보는 이에게 떠드는 사람이 있었던가. 우진이 그 고백남일 확률은 제로에 가까워 보였다. 그런데 이상하게 계속 듣게 되었다. '미영'이 만든 자리라서 그런 것일까. 혹시 미영도 그날 이런 이야기를 하고 싶었던 것일까. 주영은 감상적인 기분이 낯설었다. 본래의 자리로 돌아와야겠다고 생각했다. 리프레시가 필요했다. 주영은 지수에게 말했다.

나, 화장실 다녀올게요. 가방 좀 맡아줄래요?

언제까지 참아?

어제의 디엠에 적힌 문장은 미영이 주영에게 하소연하던 마지막 말이었다는 걸 떠올렸다. 놀이에는 대장처럼 나서고, 하고 싶은 일은 기어이 도전하고, 고통스러운 일은 인내심 하나로 이겨내며 성취감을 삶의 목표로 잡고 살던 주영은 미영이 늘 마음에 들지 않았다. 말 수 없는 아이가 매사 목표 의식 없이 느릿느릿 행동했기 때문이다. 엄마와 주영의 제안에도 영성 훈련소에 들어오지 않아 2년 가까이 연락을 끊고 살았다. 삼주 전에 연락이 닿아 겨우 만난 미영은 아직 부산에 살고 있었다. 주영은 미영을 설득할 마지막 기회 같았다. 미영은 그날, 주영의 설교를 듣다가 언제까지 참아야 하냐고 물으며 울었다. 그리고 2주 전에 죽었다. (알 수 없음)의 유력한 후보지만, 결코 후보가 될 수 없는, 예비후보 자격도 없는 동생, 미영.

미영이 죽자 주영은 부산으로 내려와 미영이 살던 자

취방의 물건을 정리했다. 미영은 단출하고 검소하게 살았다. 교통사고를 당하지 않았다면 요리해 먹었을 냉장실의 식재료가 곤죽이 되어 썩고 있었다. 취업 선물로 주영이 사주었던 명품 가방엔 손도 대지 않은 모양이었다. 더스트 백에 담겨 잘 보이지 않는 구석에 있었다. 지금 지수에게 맡긴 가방이 미영에게 선물했던 그 가방이었다. 주영은 잠시 뒤돌아 지수를 바라봤다. 지수는 명품 가방에는 아랑곳 않고 휴대전화만 계속 들여다보고 있었다. 평생 듣지 못할 이런 이야기를 한번 참아보라고, 미영이 보낸 건가. 미영이 아직 살아서 주영을 속이고 있는 것 같았다. 주영은 과거의 어떤 기억 때문에 피식, 웃었다.

7

홍콩 할매 귀신, 알아요?

아니요. 몰라요.

나 어릴 때, 그러니까 팔십년대 말부터 구십년대 초반까지 유행했던 도시 괴담에 홍콩 할매 귀신 이야기가 있었거든. 할머니가 아끼는 고양이를 데리고 홍콩으로 가던 길에 비행기 추락사고가 나서 반인반묘, 그러니까 반은 할머니 얼굴, 반은 고양이 얼굴을 한 귀신이 된 거야.

지수는 가영이 밈으로 유명한 개요괴가 나오는 애니메이션, 이누야샤 같은 거냐고 물었지만 주영은 그런 것과는 다르다고 선언하듯 말했다.

이 귀신은 행동이 빨라요. 하교하는 아이들을 공격하고 죽여. 밤이 아니라 낮에 나타나. 홍콩 할매 귀신을 만나면 살아남을 수 있는 여러 방법이 있는데 말끝에 홍콩을 붙여서 말한다든지, 집 주소는 다르게 알려준다든지, 손톱을 보여달라고 하면 구부리고 보여줘야 한다든지, 뭐, 그런 시시껄렁한 것들. 근데 그 시절에는 어린이 대부분이 공포에 떨었다고. 사회적으로도 이슈가 되어서 이례적으로 저녁 9시에 하는 뉴스데스크에도 보도될 정도였으니까요. 어느 날, 그 홍콩 할매 귀신이 내가 사는 동네에 온 거야.

방학식을 일주일 정도 앞둔 어느 날부터 홍콩 할매 귀신이 학교 주변에 나타났다. 비녀로 머리에 쪽을 지고 낡은 한복을 입고 여러 가지 주머니를 어깨에 메거나 허리춤을 묶은 줄에 달고 양손에 무언가 담은 비닐봉지를 든 채 다녔다. 뭐라고 중얼중얼하면서 학교 인근의 시장을 배회했다. 하지만 아이들은 그를 홍콩 할매 귀신이라

믿었다. 얼굴의 절반이 초록색이었기 때문이다. 왼쪽 이마와 눈두덩, 뺨 일부분이 두꺼운 초록색 피부로 덮여 있었다. 고양이 얼굴은 아니지만 초록색 얼굴에 있는 눈이 오른쪽 눈보다 훨씬 가늘게 뜨여서 음흉해 보였다. 홍콩 할매 귀신의 조건을 갖춘 거라 믿었다. 귀신은 거리를 배회하다가도 하교 시간에는 교문 앞에 와서 귀가하는 아이들을 유심히 살펴봤다. 아이들은 그 모습만으로도 홍콩 할매 귀신이라고 믿었고, 피했고, 도망 다녔다.

91년 여름에는 강원도 고성에서 한국보이스카우트연맹이 주최하는 제17회 세계 잼버리 대회가 열렸다. 방학이 되자 4학년 김주영 어린이는 속셈학원에 비치된 어린이 잡지와 텔레비전에 나오는 뉴스를 통해 그런 행사가 있다는 걸 알았다. 잼버리가 '즐거운 놀이', '유쾌한 잔치'라는 뜻을 가진 인디언 말에서 유래되었다는 잡지 기사를 읽고 놀이를 국제적 규모로 치른다니, 알다가도 모를 일이라 생각했다. 그러면서도 주영은 친구들과 초읍에 있는 어린이대공원에서 놀이기구를 타고, 양정의 정묘사까지 걸어가서 약수를 떠 오는 모험을 통해 '심신을 단련시키고 대자연의 질서를 배우는' 놀이를 해냈다. 헐크와 워리어 중에 누가 더 센가 토론하기도 했지만, 대개는 꼬불꼬불한 산길을 찾아 걸으면서 〈오싹오싹 공포체험〉에서 읽은 무서운 이야기를 나누곤 했다. 여름이었으니까.

어느 여름밤, 아이들과 손전등을 들고 정묘사에 가서 약수를 길어 오는 길이었다. 판잣집이 즐비하던 산동네를 거쳐 집으로 돌아오는데 그 할매 귀신이 골목 어귀에 서 있었다. 아이들은 저마다 손가락을 오므려 손톱을 가리려고 애를 썼다. 귀신이 아이들을 향해 물었다.

야들아, 일로 가면 아파트가 나오나?

질문이 평범해서 아이들은 더욱 긴장했다. 같이 있던 아이 중 나서길 좋아하는 남자애가 용감하게 대답했다.

절로 가야 되는데요.

뒤편에 서 있던 아이가 작게 '홍콩'하고 읊조렸다. 대답했던 남자애가 다급하게 홍콩, 하고 덧붙였다. 하지만 할매 귀신은 그 소리를 듣지도 않고 '저리로'라고 지시된 길을 향해 걸었다. 긴장이 풀린 아이들은 와아, 소리를 지르며 집을 향해 달렸다.

이틀 후, 아파트 입구의 상가 사람들 사이에 할매 귀신에 관한 이야기가 끊이질 않았다. 하루아침에 재산을 다 잃어서 서울에 있는 딸을 찾아가질 못한다고 했다. 김해에서 서울까지 데려다준다는 사람의 말을 믿고 차를 얻어탔지만, 부산에 내려두곤 할매의 가방마저 들고 도망갔다고 했다. 모든 걸 다 잃은 할매는 딸의 전화번호는 모르지만 딸의 집 가는 길은 알고 있으니 직접 찾으러 가고 싶었다. 근데 여비를 장만하지 못했다. 그걸 구하러 온 마을을 쏘다니고 있다고 했다.

할매는 가게 앞 평상마다 잠시 앉아 쉬면서 자신의 이야기를 들려줬고 사람들은 할매의 처지를 딱하다 여기면서 할매에게 먹거리와 음료를 내주었다. 더불어 자신의 미래를 상담받았다. 할매에게 있는 '신기' 때문이었다.

학원 수업을 마친 김주영, 김미영 어린이는 부모가 운영하는 철물점을 향하다 가게 앞 평상을 보고 놀랐다. 홍콩 할매 귀신이 엄마와 이야기를 나누고 있었기 때문이다. 할매는 그림책을 펼쳐놓고 엄마에게 이야기를 들려줬다. 무릎 꿇은 옆 모습의 사람이 그려진 그림을 보여주고 그 앞에 앉아있는 세 사람을 손가락으로 짚었다.

이 집은 아를 셋을 낳았어야 했는데 둘만 낳았네. 아저씨가 마음을 못 붙이고 자꾸 밖으로 나도네…. 이럴 때는….

홍콩 할매 귀신은 질문을 던지는 사람이랬는데, 오히려 동네 어른들이 귀신에게 질문을 던졌다. 가족 고민,

아이들 진로 상담, 이사 고민, 계약 날짜 상담까지. 할매 귀신은 낮에는 점을 봐주고 값싼 복채를 받았다. 약간의 돈이나 음식, 양말 등 여러 가지를 되는대로 받고 주머니에 쑤셔 넣었다. 그리고 밤이면 사라졌다. 슈퍼나 미용실에서 밤 수다를 떠는 상가 여자들은 할매의 신점이 용한 것 같다고 소곤소곤 말했다.

팔월 중순, 상가 근처에 있는 지숙 이모 집 마당에 사람들이 모였다. 할매의 사연을 알게 된 지숙 이모가 자신의 집 욕실에서 할매를 씻기고 마당에 모기장을 치고 같이 잘 거라 했기 때문이다. 지숙 이모는 뱃속에 들어서지 않는 아이에 관한 상담을 받은 모양이었다.

상가 사람들이 지숙 이모네에 모였다. 미용실 원장은 목욕을 마친 할머니의 머리를 다듬어 주었다. 세탁소 아저씨는 찾아가지 않아 버려야 하는 옷 중에 할머니가 입을 만한 옷을 추려서 내주었다. 서울 슈퍼 아줌마는 라면과 백도 통조림을 내놨다. 명성식육점 아저씨는 통닭을 튀겼고 난쟁이문방구 아줌마는 돗자리를 꺼냈다. 김주영 어린이는 아버지가 백열등에 전선을 길게 연결해서 지숙 이모 마당에 설치하는 것을 구경했다.

동네 사람들은 돗자리와 신문지를 깔고 앉아서 라면과 통닭과 김밥과 술을 먹으면서 잔치를 열었다. 할매 귀신은 씻고 단장을 하자 그냥 할매로 보였다. 다만 얼굴의 초록색은 벗겨지지 않았다. 어느 날 넘어졌다가 일어났는데 그리되었다는 할매의 말을 듣고 주영 어린이의 아버지가 방수페인트라 추측했다.

얼굴에 뭐가 묻었건, 할매가 사연과 진심이 어땠건, 사람들은 서울에 잘 가시라, 인사를 건넸다. 흥이 오른 사람 중 누군가는 노래를 부르기도 했고 합석한 어린이들은 잠을 자지 않는다고 꾸중을 듣지도 않았다. 별 기념일도 아니지만 치렀던 그 여름밤의 유쾌한 잔치는 사람들의 믿고 싶은 마음이 모여서 만든 즐거운 놀이 같은 거였는지 모른다.

그 할매는 딸을 찾았나요?
그건 나도 몰라.
근데 할머니 사연이 그렇게 허술한데 마을 사람들이 다 믿었다고요? 돈을 줄 게 아니라, 동사무소나 경찰서에 데려가서 가족을 찾아줘야 하는 거 아니에요?

그 시절, 우리 동네 어른들은 배운 것도 없고 가진 것도 없어서 동사무소나 파출소가 좀 어려웠거든. 그런 곳까지 데려가려고 나서는 어른은 없었어. 그리고… 생각해보면 그건 믿고 싶은 마음보다 속고 싶은 마음이었던 거 같거든.

속고 싶은 마음?

아니, 할매 사연을 어떻게 다 믿겠어? 할매가 남의 미래를 그렇게 잘 말해주면서 자기 딸은 왜 못 찾아? 마을 사람들은 어디까지 들어주냐, 그런 계산도 했을 것 같거든. 속아주냐, 안 속아주냐. 사실 거짓말 같아도 말을 듣고 있으면 속아주고 싶은 사람 있잖아요. 한 번쯤 달콤하게 속고 싶은 말을 하는 사람. 속고 싶은 그 말이 되려 나를 살릴 때도, 살아보려는 힘을 내게 할 때도, 있으니까.

잔치를 치르고 며칠 뒤 할매는 동네를 떠났다. 그리고 얼마 후, 주영의 동생 미영이 할매를 봤다. 미영은 임시소집일이라 학교에 갔다가 친구 집에 들렀다. 밀린 일기장 날씨를 베끼기 위해서였다. 부암동 쪽으로 찻길을 건너다 맞은편에서 오는 할매를 봤다. 예전처럼 한복을 입고, 머리에는 쪽을 지고 주렁주렁 여러 보따리를 이고 진 채로. 미영은 동네 친구나 어른들에게 할매를 봤다고 말하지 않았다. 주영에게만 조용히 말해주었다. 미영은 주영에게 이 동네를 떠나지 못하는 그 할매는 진짜 귀신일 거라 말했다. 주영은 미영의 그런 상상력을 비웃었다.

이상한 것은, 분명 할매가 아직 마을에 남아 있다고 소문이 돌았을 텐데 그 누구도 이야기를 꺼내지 않았다는 거다. 2주 가까이 할매의 이야기를 나누던 사람들이 할매가 영영 서울로 떠난 것처럼 모두 입을 꼭 다물었다. 그건 치성을 드리며 믿었던 마음이 아니라, 속고 싶은 마음일 수도 있다.

8

지수는 주영에게 이벤트를, 고백을, 응원을, 믿어보고 싶다고 말했다. 주영은 지수의 사연에 나오는 우진 이야기에 속아보고 싶었다.

참지 마라, 참지 마.

알 수 없음에게 보낼 수 없는 답을 그렇게라도 해보고 싶었다. 주영은 지수의 연락처를 끝내 받지 않았다. 대신 핸드백에 들어있는 피크닉 한 팩을 꺼내 주었다.

피크닉을 본 지수가 활짝 웃었다.

그 사이 밖은 비가 그쳤다. 가로수에 맺힌 물방울과 검게 젖은 보도블록이 아니었다면 아무도 비가 왔다고 믿지 않을 만큼 맑은 하늘이었다. 매미가 울기 시작했다.

주머니들

[이정민]

달의 기행

채은

꿈을 도둑맞았다. 잠에서 깬 경민은 발견하고 말았다. 매일 꾸던 꿈의 자리가 텅 비어있다는 사실을. 경민이 기억하는 한 꿈을 꾸지 않은 밤은 이번이 처음이었다. 침대에 앉은 채 한참을 멍하니 제 손을 내려다보던 경민은 뒤늦게 울린 알람에 문득 정신을 차렸다. 또다시 날이 밝았다. 경민이 사는 현실은 중요한 무언가를 잃어버렸어도 정시에 출근을 해야만 하는 것이었다.

경민은 본래 출근길에 휴대폰에서 눈을 떼지 않는다. 고개를 들어 어딘지도 모를 곳으로 철컹철컹 실려가는 사람들을 보는 순간 이루 말할 수 없이 소름이 돋기 때문이었다. 세상에 이렇게 많은 사람들이 모두 각자의 꿈을 꾸고, 숨을 쉬고, 일상을 영위한다는 사실이 어지러웠다. 그걸 감각하는 순간의 기묘한 기분은 경민의 숨통을 조여왔다. 너무 크고 많은 생들. 견고한 각자의 세계들이 부딪히며 지하철이 나아갔다.

오늘도 머리를 말끔히 빗어 넘긴 경민은 비행기에 올랐다. 친절하게 웃으며 인사를 하고 팔다리에 힘을 주어 승객의 수하물을 올리고 내렸다. 평소와 다름없는 일상이었다. 사건 같은 것은 끼어들 틈이 없는 촘촘한 일상. 모든 게 완전할수록 기묘하게 느껴지는 하루. 경민이 기내방송을 마치고 간이석에 앉아 벨트를 매자 비행기는 곧 활주로를 달렸다.

공허를 피해 도망가고자 하는 것은 경민이 가진 근원적인 욕망이었다. 문득 이 모든 일들에 어떠한 의미도 없다는 느낌이 들 때면 자꾸만 숨이 막혔다. 단단한 땅을 밟고 서 있자면 더욱 그랬다. 중력이 붙잡아두고 있는 현실이라는 세계가 자신의 것 같지 않았다. 그래서 그 많은 직업 중에 케빈 크루가 되었는지도 몰랐다. 유니폼을 입는 것도 좋았다. 유니폼 무리에 섞여 유니폼이 지정한 역할을 수행하는 동안은 어떤 귀찮은 생각들이 노이즈 캔슬링 되는 느낌이었다.

경민은 매일 하루도 빠짐없이 다채로운 꿈을 꾸었다. 사실 대낮의 일상보다 밤의 꿈속을 더 생생히 느꼈다. 어쩌면 그쪽이 진짜일지도 모른다고 생각하기도 했다. 그렇기에 아침에 눈을 뜨면 숨을 참고 잠수하는 마음으로 일상을 영위했다. 현실이라고 칭하는 그곳이 진짜 현실이 아니라는 막연한 믿음은 경민을 외롭게 만들었다. 한낮의 고독. 그럴수록 그는 더욱 꿈에 집착했고, 꿈을 적는 것만이 꿈을 붙잡아두는 유일한 방법이라는 생각에 매일 아침 꼼꼼히 꿈 일기를 적었다. 그 일은 일종의 기름칠 같은 것이었다. 삐그덕대는 부위에 기름을 발라 어딘가로 미끄러지게 하는 것. 무거운 몸체를 부드럽게 움직이게 하는 곡선형의 에너지. 잠수하기 직전 마지막으로 한껏 폐에 담아보는 신선한 공기 같은 것.

"경민씨, 이마에 뭐예요?"

기류에 휩쓸려 덜컹이던 경민에게 동료가 물었다. 손가락으로는 경민의 이마를 가리킨 채였다.

경민은 주머니에서 휴대폰을 꺼내 까만 액정에 얼굴을 비춰보았다. 이마 한쪽에 표백 얼룩처럼 하얗고 조그만 반점이 두어 개 피어있었다. 경민은 등골이 오싹해졌다. 어제까지 알고 있던 자신의 몸이 아니었다. 그러던 사이 비행기는 구름 위까지 올라 더 이상 흔들리지 않게 되었다.

"이런 건 처음 보네…."

꿈은 어디로 갔으며, 이마 위에 피어난 백반은 언제부터 그곳에 있던 것인가. 경민은 정말이지 아무것도 모르겠다고 생각했다.

제주에 도착한 경민은 공항 근처 병원을 찾았다. 새하얀 병원에 새하얀 옷들. 얼굴에 특색이라곤 하나 없는 안경 낀 의사가 경민를 응대했다.

"백반증이네요."

"그게 뭐죠?"

"이렇게 피부에 흰색 반점이 생기는 병입니다. 간혹 반점에 검은 경계가 생기기도 하고…."

경민이 다급하게 의사의 말을 끊었다.

"왜 그런 건가요?"

"딱히 이유는 없습니다."

"반점이 생기면 어떻게 되죠?"

의사가 의아한 얼굴로 경민을 쳐다봤다. 그 순간 그의 얼굴이 더이상 얼굴같지 않았다. 어떤 덩어리로 존재하는 듯했다. 덩어리의 움직임이 묘하게 신경쓰였다.

"그냥 생기는 거죠."

"반점이 무엇인가요?"

"그냥 반점입니다."

경민은 진료실에서 나가려다 뒤를 돌아 한 번 더 물었다.

"혹시 꿈을 안 꾸는 거랑 무슨 연관이 있나요?"

의사는 눈썹을 찡그리고 무슨 말이냐는 듯 경민을 쳐다봤다.

경민은 호텔 거울 앞에 벌거벗은 몸을 비춘 채 한참을 들여다보았다. 어딘가 희끗해 보이는 곳은 없는지, 눌렀을 때 아픈 곳은 없는지 꼼꼼히 살폈다. 다행히 아직 이마의 것과 같은 반점은 어디에도 보이지 않았다. 의사는 면역체계 문제가 더 중요하고 반점 자체는 아무것도 아니라고 했지만, 경민은 불안했다. 자꾸만 온몸에 반점이 뒤덮인 자신을 상상하게 되었다. 어쩐지 반점이 생기기 이전의 자신과 단절되어가는 것만 같다고 경민은 생각했다. 마치 사건의 지평선처럼 돌이킬 수 없는 경계면을 넘어 무한히 빨려 들어가는 것 같았다.

곧 제주에는 초속 40m에 육박하는 위협적인 태풍이 상륙한다고 했다. 덕분에 조금 여유로운 일정으로 제주에 머물게 되었으니 푹 쉬다 보면 나아질지도 모른다고 애써 생각하려 했다. 꿈은 곧 돌아올 거야. 지금까지 한 번도 잃어버린 적 없으니까. 경민은 지난 꿈들을 떠올렸다. 순간 섬뜩한 감각에 머리칼이 쭈뼛 섰다. 그간 꿨던 꿈들이 전혀 기억나지 않았던 것이다.

캐리어를 뒤져 일기장을 찾았지만 보이지 않았다. 분명 챙기지 않았을 리가 없는데. 그간 꿨던 모든 꿈을 통째로 잃어버린 것처럼, 기억도 일기도 어디에도 존재하지 않았다. 기억이라는 게 누가 훔칠 수 있는 종류의 것도 아닐 텐데.

경민은 오늘 자신을 내내 짓눌렀던 어떤 종류의 무의미함이 바로 지금 걷잡을 수 없이 밀려오리라는 걸 깨달았다. 그때 무언가 창문에 부딪혀 톡톡 작은 소리가 났다. 비가 오기 시작하려는 걸까. 삼십여 년을 살아오면서 이런 일이 잦았다. 그 세월 동안 경민은 어떻게 이 진퇴양난으로 침범하는 허무로부터 도망치는지 터득하기도 했다.

도망치기 1번 전법에 따라 경민은 깨끗한 침구에서 풍기는 은은한 향과 딱 적당한 쿠션감을 느끼며 눈을 감았다. 어젯밤 꿈을 꾸지 않은 건 단순한 오류였는지도 모른다. 이번엔 다시 꿈을 꿀지도 몰라. 꿈 일기도 집에 돌아가면 평소처럼 머리맡에 놓여있을 거다. 그래, 아마도 그럴 거야. 명치에 양손을 포개어 올리자 약간 불규

칙한 몸의 박동이 손바닥에 전해졌다.

　피로했던 몸에 긴장이 풀리며 경민은 서서히 잠에 빠져들었다. 끈적하게 잠의 무게가 더해져 오고, 꼭 이렇게 꿈으로 빠져들 것만 같았다.

　그러다가 눈을 떴다. 잠이 듦과 깨어남 사이에 언제나 있었던 꿈의 자리가 텅 빈 채 공백으로 남아있었다. 그사이 벌써 서너 시간이 지나있었다. 등골을 타고 식은 땀이 흘렀다. 꿈이 없다. 어디에도 없다.

　경민은 침대에서 벌떡 일어났다. 지금까지 꾸었던 꿈의 내용은 기억나지 않지만 절대로 이틀 연속 꿈을 꾸지 않은 날은 없었다. 그건 정말이지 이상한 일이었다. 잠으로 도피하며 잠시 유예해두었던 우울이 경계를 넘어 범람했다. 경민은 무너지듯 바닥에 동그랗게 몸을 웅크리고 앉아 어떤 봉분을 떠올렸다. 경민의 바로 옆에서 영문을 모르고 죽어간 이들의 무덤을. 그가 삶에서 수도 없이 공허감과 싸우며 터득한 도망치기 2번 전법이었다.

　그날은 아무것도 아닌 보통의 날이었고, 미래를 잃은 이들도 그냥 평범한 사람들이었다. 멀리에 있는 무대를 조금이라도 눈에 담고자 하는 인파가 서로 밀고 밀렸고, 그 인파에 밀려 경민과 동생도 환풍구에 올라섰다. 또 다른 이가 올라올 때마다 환풍구 자리는 좁아졌고 결국 키가 작은 동생만 가까스로 환풍구 끝에 세워두고 아래로 내려왔다. 동시에 무대에서는 공연이 시작되었다. 저마다 들뜬 사람들의 환호성도 커졌다.

환풍구의 덮개가 무너진 건 순식간이었다. 누군가 지른 외마디 비명은 노랫소리에 묻혀버렸고, 채 붙잡을 새도 없이 27명의 사람들이 환풍구 아래로 곤두박질쳤다. 사람들이 비명을 지르고 앰뷸런스가 와 사람들을 구조하는 동안 경민은 자신이 어떻게 있었는지 기억이 나질 않았다. 사실 그 모든 것이 그냥 꿈 같았다. 그러고 보니 매일 꿈을 꾸기 시작한 게 그때부터였던가.

동생과 경민의 운명이 종잇장 찢어지듯 갈라진 그날, 경민은 삶과 죽음의 차이가 고작 발이 놓인 위치일 뿐이라는 사실을 깨달았다. 단 몇 센티미터. 그게 삶과 죽음을 가르는 유일한 경계였다. 그게 가장 이상했다. 거기엔 아무 이유도 없었기 때문이다.

툭툭, 태풍이 창문을 두드리는 소리가 이어졌다. 문득 이상함을 느낀 경민은 고개를 들어 넓게 펼쳐진 창을 바라보았다. 창문을 향해 투신하고 있는 건 작은 물방울이 아닌 커다란 눈송이. 한여름의 눈 폭풍이었다. 혹시 꿈을 잃은 게 아니라 영영 악몽을 꾸고 있는 걸까. 그렇다면 어디부터 어디까지가 악몽인 걸까.

   호텔에서 나와 발이 닿는 대로 걸었다. 눈은 이미 정강이까지 쌓였는데도 무자비하게 퍼붓고 있었다. 이상하게 별로 춥지 않았다. 여름이라 그런가. 날씨가 험해서인지 문을 연 가게가 하나도 없었다. 제법 널찍한 도로변을 걷는데도 마찬가지였다. 그러다 저 멀리 보라 불빛이 간판을 비추는 작은 술집이 눈에 보였다. 지나가는 사람 하나 없는 길목에 OPEN이라고 적힌 팻말이 선명했다.
   상당히 클리셰적인데, 경민은 가게의 묵직한 나무문 앞에 서서 생각했다. 그래도 들어가 보는 게 좋겠다 싶어 손으로 문을 미는데 이상하게도 전혀 차가움이 느껴지지 않았다.
   마치 내 몸이 아닌 것처럼. 아무 감각이 연결되어 있지 않은 듯이.
   가게 안은 작은 나무 테이블이 다섯 개 정도 있었고, 각 테이블과 천장의 조명에서 주황빛이 흘러나와 원근이 묘하게 뒤틀린 느낌이 들었다. 경민이 구석의 테이블에 앉자 주인으로 보이는 여자가 따뜻한 물수건과 물 한 잔을 가져왔다.
   "감사합니다."

여자가 잠시 경민의 손을 물끄러미 바라봤다. 어느새 손등까지 번진 백반이 조명 빛 아래 선명했다. 일단은 긴 휴가를 써야겠다고 경민은 생각했다. 살짝 불편한 기색으로 테이블에서 손을 내리자 여자는 죄송합니다, 하고 바 뒤로 총총 사라졌다.

그런데 이상하게 경민은 조금 더 이야기를 나누고 싶었다. 갑자기 나타난 이 백반에 대해 나는 아무것도 모르겠다고 말하고 싶었다. 어째서 그런 기분이 들었는지는 모르지만. 여자가 주고 간 따끈한 물수건에서 연한 김이 났다. 손등에 얹자 온몸이 녹는 듯했다.

경민은 직접 카운터까지 가 따뜻한 정종을 주문했다. 여자는 조용히 포스기에 주문을 입력하고 또 다시 바 뒤쪽으로 들어갔다. 경민은 여자가 사라진 곳을 바라보며 우두커니 서 있다가 자리로 돌아와 앉았다. 그러다 문득 한참 전부터 아주 중요한 것을 놓치고 있었다는 걸 깨달았다. 원래 8월에 눈 폭풍이 불던가. 제주는 그런가? 입고 있는 코트만 해도 그랬다. 캐리어에 겨울 코트를 챙겼던가.

혼란스러운 와중에 여자가 정종과 간단한 주전부리를 내어왔다. 그러다 힐끗 서로를 탐색하는 두 시선이 마주쳤다.

"제주엔 원래 여름에도 눈이 오곤 하나요?"

여자가 난감하다는 표정을 지었다. 무언가 할 말이 있는 듯 입을 우물거리는 것도 같았다.

"그렇다기 보다는…."

마침내 여자가 입을 열었을 때 경민은 아주 오래전엔가, 꼭 들어봤던 목소리라는 생각이 들었다. 아니 그보다도 애틋한 기시감 같은 것이었다.

"혹시 더 이상 꿈을 꾸지 않으시나요?"

무슨 일들이 일어나고 있는 건지 경민은 정말이지 모르겠다는 생각이 들었다. 이 여자는 대체 잃어버린 꿈에 대해 무엇을 알고 있는 걸까. 말문이 막힌 경민의 맞은편에 여자가 마주 앉았다. 어딘가 낯이 익은 구석이 있나 얼굴을 꼼꼼히 살피고, 아무리 생각해보아도 단서가 떠오르질 않았다. 혼란스러운 경민에게 여자가 다시 한 번 물음을 던졌다.

"마지막으로 꾼 꿈을 기억하시나요?"

—

은수는 어느 날 자신의 안에 깊은 우물이 있음을 깨달았다. 어떻게 깨달았느냐 묻는다면 답하기 어려웠다. 그저 어딘가에 있다는 것을 눈치챘던 것이다. 본능적으로 위험을 알아채는 것처럼. 어쩌면 하릴없는 걱정들로 밤을 지새고 있다 보니 평소에는 보이지 않던 이면이 보인 게 아닐까, 하는 생각이 들었다.

밑도 끝도 없이 우물이라니. 그것은 눈으로 '보인다'고 말할 만한 종류의 것은 아니었지만, 깊이를 알 수 없는 어둠에 잠겨있었고 그래서인지 선뜻 무엇이라 말하기 어려웠다.

언제 생긴지도 모를 우물은 눈에 보이고 나니 은근히 신경을 거슬리게 했다. 밥을 먹을 때도, 아무 생각 없이 휴대폰을 볼 때도, 엄마와 대화를 하거나 침상에 앉아 노트북으로 일을 처리하다가도 갑자기 거기에 있다는 사실이 실감되었다. 계속 차가운 바람이 우물가에서 불어오는 것 같았다.

차라리 무엇인지 확인해야겠다고 다짐하고 우물을 들여다보려고 해도 잘 보이지가 않았다. 애초에 어떤 지점에서 자신의 안에 우물이 있다고 생각한 건지도 말로 설명하기가 어려웠다. 그래서 그냥 두기로 했다. 어차피 우물 말고도 신경 쓸 게 많은 매일이었다. 더군다나 의사는 한동안 스트레스를 의식적으로 멀리하라고 했다. 어쩐지 보고 있자면 NPC처럼 느껴지던 의사. 그의 말을 핑계 삼아 은수는 우물을 똑바로 보지 않으려 했다.

애써 무시하려는 날들이 길어지다, 은수는 보이지 않는 벽이 우물을 가로막고 있다고 느꼈다. 처음엔 그게 무엇인지 알 수 없었으나 서서히 깨달아졌다. 우물의 존재를 알아챘을 때처럼 자연스럽게 은수는 그것을 이해했다. 바깥과 안을 구분하는 것. 경계를 구분 짓고 연결되지 못하게 하는 것은 바로 은수의 몸이었다. 몸은 은수를 3차원에 가두고 있었고 우물은 그 너머, 건너편에 있었다.

은수는 거울 앞에 서서 병원복을 벗고 찬찬히 몸을 들여다보았다. 창밖의 불빛들이 은수의 몸 위에서 명멸했다. 우주가 피어나고 사그라지는 것처럼. 밝고 어두운 색색의 빛들이 쉴 새 없이 몸을 가로질렀다. 내일이면 이 한 가운데로 지나갈 하나의 날카로운 획을 떠올리며 손가락 끝으로 선을 그었다. 약 기운 때문인가 감각이 없는 것만 같았다. 그럼에도 이상하게 정신은 또렷했다.

선천적으로 가지고 있던 간염 인자가 갑자기 활성된 것엔 큰 이유가 없다고 했다. 과로, 스트레스, 불규칙적인 생활 습관들. 하나 같이 평범한 죄목들이 나열되었고 안 그런 사람도 있나요, 하고 묻는 말에 의사는 딱히 대답하지 않았다. 그런 평범한 일들이 모여 은수의 몸은 부실 공사를 한 건물처럼 무너졌던 것이다. 자신의 안에서 우물이 발견된 것보다 믿기지 않는 일이었다. 하루아침에 간이식을 받아야 하는 시한부 환자가 되어 병원에 입원하게 되리라는 상상은 꿈에도 한 적이 없었으니까.

그럼에도, 어쩐지 받아들여지는 것들이 있었다.

'원래 세상일이 다 그래. 제대로 설명되는 게 없어.'

은수는 낮의 통화에서 엄마가 한 말을 떠올리며 다시 옷을 챙겨입고 침상에 누웠다. 명치 즈음에 양손을 포갰다. 간이 이쯤인가.

내일이면 이름도 모를 누군가의 간을 이식받게 될 터였다. 정말 운이 좋았습니다,라고 의사는 장황한 설명을 덧붙였다. 갑자기 나타난 이름도 얼굴도 모를 미상의 간이식자. 앞 순서의 모든 사람들에게 부적합해 운 좋게도 후 순위인 은수에게 기회가 온 것이다. 감사할 겨를도 없이 수술 일자를 잡고 몸 관리를 시작해야 했다. 태어나 처음 겪어보는 이 모든 일들이 실감할 틈도 없이 빠르게 결정되었다.

갑작스러운 불행도 행운도 원래 일어날 일이었다는 이상한 확신이 피부를 스치고 지나갔다. 링거를 꽂고 누워있는 마당에 모든 것이 맞게 흘러가고 있다니 우스웠지만 어쩐지 그랬다.

수술대에 누워 수술실로 실려 들어가는 동안에도 은수는 한순간도 흐려지지 않았다. 지금부터 일어나는 모든 일을 기억하겠다는 듯이. 마취액이 온몸을 한 바퀴 돌 때까지 은수의 주먹은 꽉 쥐어져 있었다.

꿈을 꾸었다. 마침내 몸의 벽을 지나 우물 앞에 서 있는 꿈. 우물은 처음엔 얕아 보이다가 갑자기 깊이를 알 수 없을 만큼 어둡고 서늘해졌다. 순간적인 공포가 내려갈 수 없다는 확신으로 이어졌다. 내려가면 안 돼. 발을 돌려 우물로부터 도망치려는 은수의 뒤로 날카로운 울음소리가 들렸다.

아이 울음 소리인가.

다시 돌아본 우물에는 가느다란 나뭇가지가 뻗어 나오고 있었다. 마치 살아있는 것처럼 조금씩 자라기 시작하더니 금세 커다랗게 자라 줄기가 두툼해졌다. 팔로 잡아당겨도 휘청이지 않을 만큼 두꺼워진 줄기를 잡고 은수는 아래로 내려가 보기로 했다. 울음소리가 커지고 있었다.

아래로 아래로 내려갈수록 몸이 점점 가벼워졌다. 손에 묵직하게 전해지던 무게가 덜어지고 내려가는 속도도 빨라졌다. 정말로 경계를 잃어가는 것처럼. 어쩌면 몸을 잃어가는 듯이. 은수는 계속해서 끝이 보이지 않는 나무 기둥을 한없이 타고 내려갔다. 그리고 저 멀리 어쩌면 나무 기둥의 끝일지 모르는 곳에 새하얗게 작은 꽃망울이 보였다. 피어나려는 듯이 꽃망울은 울음소리에 맞춰 들썩였다.

가까이 가보니 그건 꽃이 아닌 작은 아이였다. 너무 작아서 감히 안아볼 수도 없을 것만 같은 갓난아이. 커다란 머리와 아직 한 번도 떠보지 못했을 눈, 가쁜 숨을 쉬고 있는 작은 콧구멍과 온 힘을 다해 울고 있는 작은 입. 포대기에 꽁꽁 싸여 아이는 온몸으로 울고 있었다.

은수는 태어나 한 번도 갓난아기를 안아본 적이 없었다. 고모가 조카를 낳았을 때도, 친구들이 낳은 아이를 안아보라고 건넸을 때도. 그런데 지금은 저 아이를 안아야겠다는 생각이 들었다. 따뜻한 품 깊숙이 안아 흔들어 달래 주고 싶었다.

참을 수 없는 충동처럼 은수가 손을 뻗었다. 그래야만 한다고 생각했다. 뻗은 손이 아이와 만났다. 은수는 자연스럽게 아이를 안아 올렸고, 어르며 자장가를 불렀다. 아이가 잘 자길 바라면서. 오직 그것을 바라면서 느린 노래를 불렀다. 아이는 금새 쌕쌕 조용한 숨을 쉬며 깊은 잠에 빠져들었고 어쩐지 점점 무거워지는 것 같았다.

잘자.

은수는 작고 봉긋한 아이의 이마 가장자리에 입을 맞추었다. 하얀빛이 번졌다.

길고 긴 꿈에서 깬 은수는 그것들을 잊지 않으려 애썼다. 하지만 정신을 부여잡다가도 수술 후 투여되는 강한 진통제 탓에 시간이 어떻게 흘러가는지도 모른 채 계속 잠에 빠져들었다. 그러다 보니 대부분의 것을 잊었다. 마치 꿈처럼 삶도 대체로 그러했다. 기억되는 것보다 망각되는 것이 더 많았고, 간직할 수 있는 것보다 잃어버려지는 게 더 많았다. 그러나 그 가운데 선명한 것은 어딘가에서 반짝이기도 했다.

은수의 몸 한가운데를 가로지르는 힘찬 획처럼.

―

민경은 꿈의 잔상이 흐려지지 않도록 눈을 뜨자마자 일기를 적었다. 오늘도 어김없이 꿈속에서 본 '남자'의 모습들을 낱낱이 기록했다. 그건 민경이 그와 얽혀 있음을 깨달은 뒤 하루도 빠짐없이 지켜온 습관이었다.

꿈은 눈물을 머금고 본 세상처럼 뿌옇고 멋대로 울렁였다. 누군가 편집한 영화처럼 일부분 잘려있기도 했다.

하지만 어떤 이유인지 모르게 꿈 속 남자의 행동은 민경의 현실에 영향을 끼쳤다. 그건 사소하거나 때로는 커다랬다. 하지만 오랜 세월 동안 꼼꼼히 기록하고 검증한 결과 대부분 예측 가능한 범위 내의 것들이었다.

둘의 관계는 이상하리만치 특별했다. 데칼코마니처럼 그쪽에 점이 찍히면 이쪽에도 반드시 어떠한 점이 찍혔다. 남자가 한 발자국을 가면 민경도 반드시 한 걸음을 가게 되어있었다. 어떤 축을 중심으로 정반대에 서서 같은 원을 무한히 그려가는 것처럼. 남자가 엉엉 운 날엔 민경도 반드시 울게 되었다. 그가 바다에 하염없이 젖어 들어간 다음 날엔 말도 안 되는 소나기를 맞아 민경도 홀딱 젖고야 말았다. 남자가 5년을 짝사랑한 여자에게 마침내 고백한 날, 민경도 5년 만난 이에게 프러포즈를 받았다.

처음엔 그저 예지몽인 줄만 알았다. 남자가 민경의 미래를 투영하는 대상으로써 존재한다고 생각했다. 그러나 남자는 실제로 존재했으며 민경과 전혀 관계가 없는, 별개로 실존하는 인격체라는 걸 서서히 깨닫게 되었다. 관계가 없다는 말이 실로 아이러니했지만 정말로 그랬다. 미시세계 법칙의 양자 얽힘처럼 둘은 얽힌 채로 그저 존재할 뿐이었다. 그는 민경과 아무 상관 없이 '실제로' 고뇌하고 슬퍼하고 좌절했으며, 누군가를 사랑하고 기뻐하고 쾌락을 경험하며 자신의 삶을 살았다. 그건 눈부시게 아름다운 실제의 것이었다. 그걸 알게 된 뒤로 민경의 삶은 인과가 뒤집힌 것 같았다.

어째서 민경만이 그쪽의 존재를 알게 되었는지에 대해서는 아무리 머리를 쥐어짜 봐도 알 수 없었다. 중력이 세계에 존재하는 것처럼 그냥 그렇게 된 것이다. 이러한 현상에 어떤 의미를 부여할지는 민경의 마음이겠지만, 그렇다고 모든 일에 함의가 있는 것은 아니니까. 일어날 일은 일어난다. 어떻게 하다 보니 그와 민경은 얽히게 되었고, 그의 현실이 민경의 꿈에 나왔을 뿐. 그저 일어난 사건이었고, 민경만이 그걸 깨달았던 것이다.

민경과 얽혀있는 이는 평범한 남자였다. 올곧고 따뜻했지만 어딘가 한없이 깊은 어둠을 가지고 있는. 그는 자주 우울에 잠식되었지만 금세 털고 일어나기도 했다. 남자는 오랫동안 민경의 존재를 모르는 듯했다. 민경은 관찰자로서 존재했지만 동시에 존재하지 않았다. 관찰자는 관찰되지 않기 때문이었다.

남자와의 얽힘은 민경의 일상에 작은 영향들을 주면서 계속 이어졌다. 잊을 만하면 한 번씩 물벼락을 맞는 것 같은 사고나, 뜬금없이 마른 화분에 꽃이 피는 것 같은 행운이 찾아오기도 했다. 한 번은 남자가 운동을 하다가 손가락이 골절되는 꿈을 꾸었다. 평소에 그다지 격렬하게 움직이지 않는 민경은 꿈이 비껴 나갈 것을 기대했지만 거짓말처럼 차 문에 손이 끼어 똑같이 깁스를 하는 처지가 되었다. 마치 자신의 몸이 시공간을 뛰어넘어 남자의 손에 붙들려 빙글빙글 춤을 추는 것 같았다.

민경은 섬에 살았지만 바다를 좋아하지 않았다. 엄밀히는 바다가 민경을 싫어한다고 느꼈다. 여름에는 태풍으로 겨울에는 폭설로, 섬을 둘러싼 바다는 언제나 민경의 발목을 잡았다. 어느 순간 민경은 섬을 나가는 것을 포기했다. 섬에 산다는 건 그런 제약을 기꺼이 받아들인다는 것이었다.

육지로 나가는 대신 민경은 바다 너머로 오가는 비행기가 잘 보이는 곳에 작은 선술집을 차렸다. 가게를 계약하던 날 민경은 드디어 승무원 최종 면접에 합격한 남자의 꿈을 꾸었다. 이 또한 모든 게 이미 정해진 일이었을까, 생각하다 이내 그만두었다. 차라리 꿈을 꾸지 않았더라면, 얽혀있지 않았더라면 더 자유롭게 살아갔을까. 바다를 건너 나아갈 수도 있었을까. 의문이 빼꼼 고개를 들 때도 있었지만 민경은 대체로 이러나저러나 비슷했을 것이라 여겼다. 민경이 이런 수용적인 사람으로 태어난 것도 어쩌면 처음부터 얽혀있었기 때문일 것이고, 그렇다면 어떤 가정도 의미 없어지는 것이기 때문이었다.

그저 받아들이기로 했다면 터무니 없어 보이겠지만, 어차피 받아들이는 것 이외엔 이렇다 할 방법이 떠오르지 않았다. 일상은 꿈보다 강력해서 민경은 이내 평범한 꿈을 꾸는 다른 이들처럼 살아가게 되었다.

그날은 조금 이상한 날이었다.

"여기 원래 점이 있었던가."

남편이 민경의 이마 한쪽에 입을 맞추며 말했다. 새까만 펜으로 찍은 듯한 작은 점이 갑자기 눈에 띄었기 때문이었다. 글쎄, 라고 답한 민경은 기묘한 느낌이 들었다. 자신의 얼굴이 새삼 생경했다.

"어딘가 달라진 것 같아?"

글쎄. 남편이 장난을 치며 웃어넘겼기에 민경도 금세 점을 잊었다.

그리고 그 날의 꿈에서 남자는 넥타이를 매다가 그대로 목을 졸랐던 것이다.

민경은 당황해서 남자를 저지하려 했지만, 꿈속의 민

경은 그저 관찰자일 뿐이었다. 아무것도 할 수 없는 무력함에 발버둥 쳤지만 어쩔 수 없는 건 어쩔 수 없을 뿐.

남자는 오른손으로 넥타이의 매듭을 잡고 왼손으로 넥타이 끝을 힘껏 당겼다. 너무나 한참의 시간을. 얼굴이 새빨개지다 못해 보랏빛이 되어갈 때까지 완고히 힘을 풀지 않던 남자는 결국 켁켁 거리며 주저앉았다. 그러고는 아무렇지 않은 얼굴이 되어 넥타이를 바르게 고쳐메곤, 평소처럼 머리를 세팅하고 출근을 했다.

꿈에서 깨어난 민경은 한동안 벙쪄 일기장을 펼쳐 놓곤 아무것도 쓰지 못했다. 쓰려 해도 손이 떨려 글씨조차 제대로 써지질 않았다. 남자는 살았지만, 나는 죽을지도 모른다. 죽음은 두려움의 모습이 되어 질척하게 민경을 뒤덮었다. 꿈은 쉽게 휘발되기에 최대한 자세히, 남자의 손등에 돋았던 핏줄의 모양까지 전부 기록으로 남겼다. 단 하나의 계시도 놓치지 않으려는 사제처럼 모든 순간을 꼼꼼히 훑었다.

사실 남자는 종종 스스로를 자해하곤 했다. 날카로운 것으로 피부를 베고 가만히 쳐다보거나, 치사량 이상의 술을 마실 때도 있었고, 강박적으로 자신을 괴롭히거나 파괴하기도 했다. 하지만 그것들이 제 손으로 목을 조를 징조라고는 인지하지 못했다. 민경조차 그랬기에,

어쩌면 그 자신도 몰랐을지 모른다.

어디에서 어떻게 죽게 되는 걸까. 어쩌면 죽지 않을 수도 있지 않을까. 꿈의 어딘가에는 살 수 있다는 단서도 있지 않을까. 남자가 살았으니 나도 어떤 일은 있겠지만 결론적으로는 살아남을 수 있는 게 아닐까.

산발적으로 떠오르는 의문들과 불안으로 민경은 하루 종일 전전긍긍했다. 온갖 생각이 정리가 되질 않아 허둥대다 결국 설거지하던 술잔을 떨어뜨렸고, 이윽고 잔이 투명하고 날카로운 조각이 되어 부서질 때, 민경도 얼굴이 보랏빛이 되었던 남자처럼 잔뜩 질려 바닥에 주저앉았다.

민경의 흰 바지에 붉게 피가 번졌다.

"한동안 무리하지 말고 안정을 취하세요."

새하얀 병원에 새하얀 옷들. 얼굴에 특색이라곤 하나 없는 안경 낀 의사가 민경을 내려다봤다. 혹시 이유가 뭔가요, 하고 민경은 꿈에서 깨었을 때만큼 벙찐 얼굴로 되물었다.

"임신 초기에는 스트레스 영향이 가장 큽니다. 지금으로써는 특별한 원인이 있어 보이지는 않네요."

몇 년을 기다려온 임신 소식을 얼결에 들어버린 민경

은 어떤 표정을 지어야 할지 모르는 채로 집으로 돌아갔고, 기다리고 있던 남편에게 임신 사실을 알렸다. 모든 순간이 슬로 모션처럼 지나갔다. 기쁨에 흘러내린 눈물과 남편이 재빨리 나가서 사 온 새하얀 생크림 케이크, 이런 날엔 꼭 초를 불어야 한다며 곰돌이 모양 초를 꽂아 소원을 빌던 손들. 어쩌면 민경의 인생에서 가장 행복한 날이었다. 그간의 삶이 기억나지 않을 정도로 새로 태어난 것 같은 기분이었다. 기쁨은 한없이 그를 들뜨게 만들었기에 다시 꿈에 빠져들기 위해 잠자리에 누웠을 때 민경은 그 높이만큼 땅으로 꺼져 들었다.

'오늘도 남자가 목을 조를 지도 모른다.'

한 가지 명제가 민경의 머릿속을 지배했다. 지난밤에 꾼 꿈의 잔상이 새긴 듯 선명했다. 그와 동시에 자신의 뱃속에 살아있는 존재가 있다는 사실이 소름 끼칠만큼 섬세하게 실감 되었다. 또다시 남자가 자살 시도를 한다면 뱃속의 아이가 무사할 거라고 장담할 수 없었다. 두려웠다. 아이와 꿈 속의 남자가 어떻게 얽혀있는지 알지 못하는 채로 잠에 들 수는 없었다. 흐르는 대로 놓아두기에 이미 아이는 민경의 전부가 되어있었다.

어쩌면 민경의 손으로 꿈을 파괴해 버려야 하는 것인지도 몰랐다. 민경은 며칠을 잠들지 않았다. 아이 걱정에 카페인도 없이 며칠을 샜다. 남편의 걱정에도 민경은 오로지 도박을 할 수 없다는 생각으로 밤을 버텨냈다.

그러나 무력하게도 피로는 민경을 깨어있게 두지 않았고, 그의 남편이 강제로 병원에 데려가기 직전에 민경은 스러지듯 다시 꿈에 빠져들었다.

꿈속의 남자는 어딘가를 하염없이 거닐고 있었다. 숲과 언덕들이 남자의 뒤로 지나갔다. 잠을 자지 못한 듯 수척해진 얼굴. 얼마 전 졸랐던 목에는 흐릿한 자국이 남은 채였다. 남자는 어떤 기억을 떠올리고 있는 듯 괴로운 표정이 문득 얼굴에 지나가기도 했다. 그러다 작은 봉분 앞에 털썩 주저앉았다. 그리움과 애정, 그리고 어떤 종류의 죄책감과 허망함이 남자의 얼굴을 스쳤다. 그 곁에 또 다른 봉분처럼 웅크려 앉은 남자의 목소리가 들렸다.

너는 왜 이렇게 죽어야 했을까.

물기가 가득한 목소리가 꿈속을 울리자 꿈이 요동치듯 일렁였다.

"나는 왜 살아남았을까. 바로 옆에 서 있었는데."

민경은 남자가 가진 근원의 허무를 이해했다. 서둘러 종결된 삶 앞에서 인간은 할 수 있는 게 없으니까. 그 죽음이 나의 것이었을 수도 있다는 끝없는 가정 속에서 남자는 작은 의미라도 찾으려 허우적대는 것 같았다. 지독한 허망의 감정이 물결처럼 민경에게도 몰려왔다.

"만약 그게 나였다면, 너는 거기서 어떤 의미를 찾을 수 있었을까."

아무도 답해줄 수 없는 질문은 허공에 흩어졌다. 꿈의 한쪽 모서리가 부서지며 밝은 빛이 쏟아졌다. 없던 일처럼 꿈은 끝이 났고, 민경은 일기장에 남자의 말들을 적고 그 아래 덧붙였다. 삶과 죽음에는 아무 이유가 없지만, 우리는 의미를 만들 수 있어요.

언젠가 꼭 한 번은 남자와 마주치게 될 것 같다는 터무니없는 예감이 들었다. 그때 꼭 은수를 소개해줘야겠다고 다짐했다. 민경은 자신이 어떤 고민도 없이 뱃속에 있는 아이의 이름을 지었음을 깨닫지 못했다.

—

경민은 마주 앉은 여자를 경계하듯 바라봤다. 마지막으로 꾼 꿈을 아무리 기억해보려 해도 기억나질 않았다. 하루 종일 이상한 일만 가득했던 오늘의 끝에 정말 이상한 여자를 마주하게 되자 모든 것이 혼란스러웠다. 여자가 큰 결심을 한 듯 입을 뗐다.

"지금 꿈속에 있는 것 같아요."

경민이 어떤 표정을 지을지 몰라 살짝 인상을 찌푸렸다. 민경은 굳이 정말이라고 강조하지 않았다. 잠시 침묵이 흐르다가 다시 민경이 말했다.

"목은 괜찮으세요?"

민경이 괜한 말을 했나 싶어 급히 입을 다물었지만 경민은 아무렇지 않아 보였다. 이윽고 경민이 고개를 끄덕였다. 그러니까 이 눈 폭풍도 꿈속의 것이라 이거죠? 그렇다면 좀 이해가 되네요. 이런 말도 안 되는 이야기에 고개를 끄덕이는 남자를 보며 민경은 웃음이 났다. 이걸 정말 믿으세요? 믿지 않으면 어쩌겠어요. 그냥 그런 것인 걸. 그 말은 민경은 이 남자가 자신과 얽힌 이라는 걸 확신했다. 꿈속에선 바로 본 적 없던 얼굴이었지만 매일 마주한 듯 낯이 익었다.

"여기가 꿈속이라면 당신은 누구인가요?"

"다른 세계의 당신이라고 해두죠."

"우리가 같은 사람이라는 말인가요?"

"엄밀하게는 우리의 어떤 부분이 얽혀있는 것 같아요. 당신의 현실이 나의 꿈이 되고, 그게 또다시 현실이 되죠."

이곳은 예컨대 아름다운 무중력 공간. 땅에 발을 붙이지 않고도 안전한 곳이라는 생각이 들었다. 민경은 조심스레 자신의 꿈 이야기를 꺼냈다. 기묘하게 얽혀있는 미시세계를, 경민은 굳이 의심하려 애쓰지 않았다. 그랬구나, 그랬군요, 하며 같은 관심사를 가진 사람들처럼 한참을 맞장구를 치며 이야기했다.

그러다가 둘은 꿈이 언제나 아주 짧다는 사실을 기억해냈다. 어쩐지 더 중요한 이야기가 있을 것 같았다. 둘은 잠시 말을 골랐다. 마주 본 둘의 얼굴은 놀랍도록 닮아있었고, 부자연스러운 말들을 꺼낼 필요가 없어 보였다. 그저 서로를 찬찬히 살펴보기로 했다. 어딘가 아픈 구석은 없는지 잘 살아가고 있는 건지. 혹시 막연한 우울에 또다시 목을 조르진 않았는지. 경민의 시선이 민경의 배에 멈췄다. 만삭에 가까워진 듯 봉긋하게 솟아오른 모양이었다.

"한 번 만져보세요."

민경이 자신의 배를 가리켰다. 그 앞에 꿇어앉아 살며시 손을 대자 경민의 것인지, 민경의 것인지, 혹은 태아의 것인지 모를 심장 박동이 손끝에 쿵쿵 느껴졌다. 아니, 그 순간 모든 것이 쿵쿵 박자에 맞춰 뛰고 있었다. 하나의 심장에서 온 세상으로 생명이 뻗어져 나갔다. 힘차게.

"이 안에 또 다른 몸이 있어요. 믿기지 않게도."

정말이었다. 둘이 만난 꿈보다 더 신비로운 건 뱃속에 살아있는 몸이 자라고 있다는 사실이었다. 그건 어떤 슬픔도 가릴 수 없는 선명한 기쁨이 있다는 증거이기도 했다.

"당신이 목을 조른 그 날…."

"아이가 태동했군요."

민경이 고개를 끄덕였다. 그들을 맴도는 이야기가 비로소 하나의 획으로 이어지는 듯했다. 민경이 시작한 말이 경민의 말로 맺음 된 것처럼. 가게 안의 주황 불빛들이 물에 번지듯 일렁였다. 공간이 뒤틀리는 것처럼 가게의 문이 열리고 차가운 눈 폭풍이 들이쳤다.

"곧 꿈이 끝날 것 같아요. 만나게 되면 하고 싶은 말이 많았는데."

민경이 잠시 숨을 고른 후 이야기했다.

"당신의 삶이 이 아이와 연결되어 있다고, 그렇게 믿어주세요."

꼭 그 말을 해주고 싶었어요, 하는 목소리에 경민은 알 수 없게 눈물이 났다.

—

기나긴 꿈에서 깬 경민이 조심스레 눈을 떴다. 시간

이 아주 오래 지난 것만 같았다. 오래전 꿈들이 바로 어제의 현실처럼 생생했다. 수술이 잘 끝났다고 했고, 수혜자도 큰 문제 없이 눈을 떴다고 했다. 경민은 누군지도 모를 그의 몸에 그어졌을 긴 자국을 떠올렸다.

침상 곁에 두었던 꿈 일기장을 펼쳤다. 그곳엔 한 '여자'에 대한 이야기가 가득했다. 왈츠 스탭처럼 자신과 함께 엇갈려 살아가는 여자. 같은 행동을 하고 같은 사건을 겪고 같은 감정을 느끼고 같이 울고 웃던, 그리고 충돌하듯 마주치게 된 또 다른 나에 대하여. 페이지가 앞장으로 넘길수록 여자의 나이도 어려졌다. 기억을 짚어 올라가던 경민은 마침내 자신이 꾼 첫 꿈을 기억해냈다. 사고가 있던 바로 그 날의 꿈이었다.

꿈속에서 한없이 작은 아이였던 경민을 품에 안고 달래던 어떤 이의 온기를. 부드러운 자장가와 이마에 입을 맞출 때 느껴졌던 시린 감촉을. 경민이 손을 차가운 감각이 생생한 이마를 문질렀다.

그건 그 여자였을까. 경민은 시간과 공간의 벽을 넘어 서로 이어진 존재들에 대해 생각했다. 차원이 뒤엉켜 일순간 레이어처럼 겹쳐졌던 자신과 여자에 대하여. 아마 3차원의 시야에는 보이지 않을 이야기였다. 이유를 알 수 없는 법칙들 속에 선명한 의미가 숨겨져 있었다.

마치 우주의 농간처럼.

    깊게 숨을 들이켰다. 손끝에 번진 것처럼 몸 여기저기에 하얀 백반이 피어있었다. 그것은 꿈과 현실의 경계 지점, 우연한 맞닿음이 만든 생채기이자 아주 잠시 몸의 벽을 넘었다는 증거이기도 했다.

    창밖엔 햇살이 환하게 쏟아지고 있었다. 또다시 낮이 쫓아오고 있었다. 도망가자. 밤으로, 밤으로.

달의 기행

[박민아]

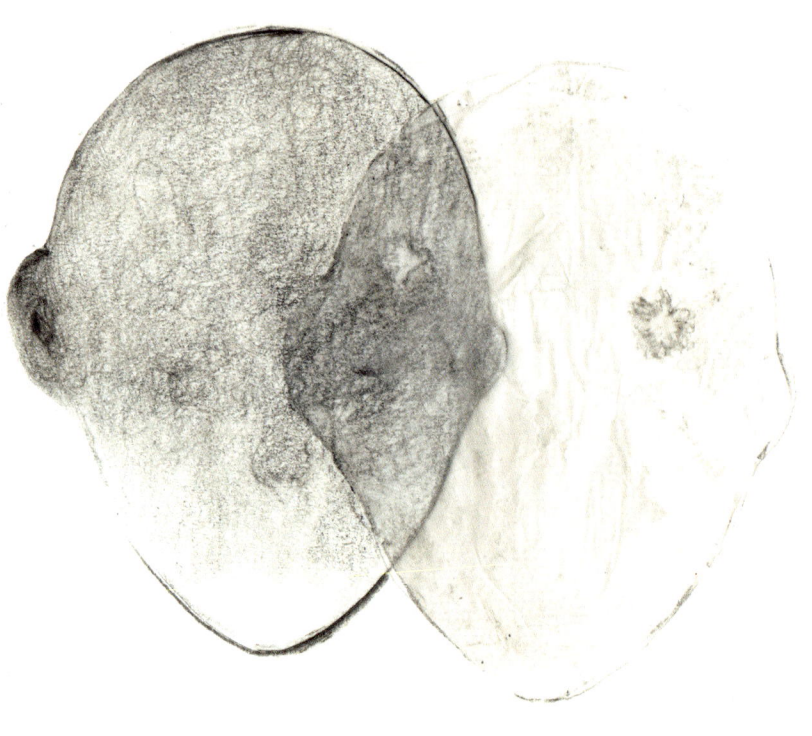

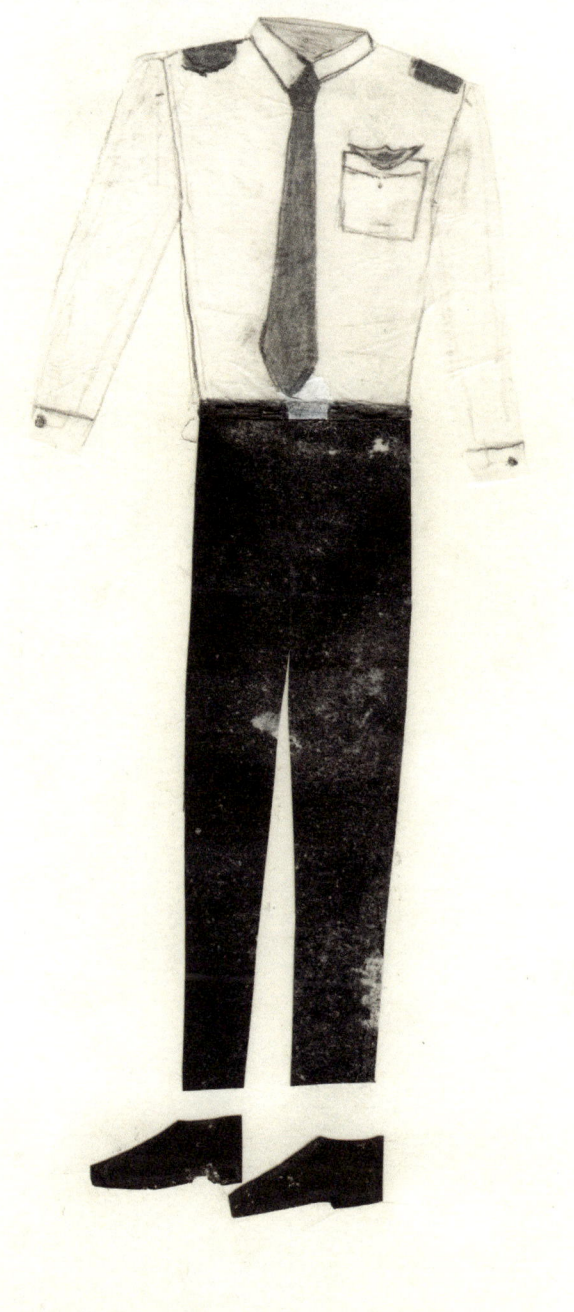

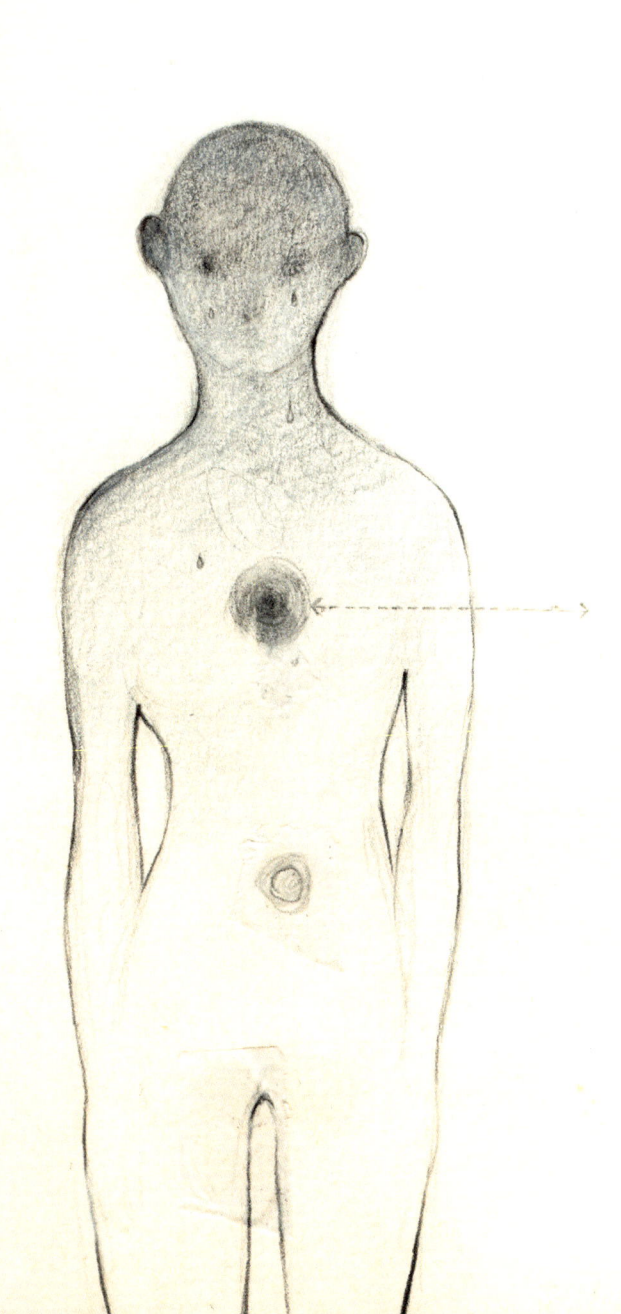

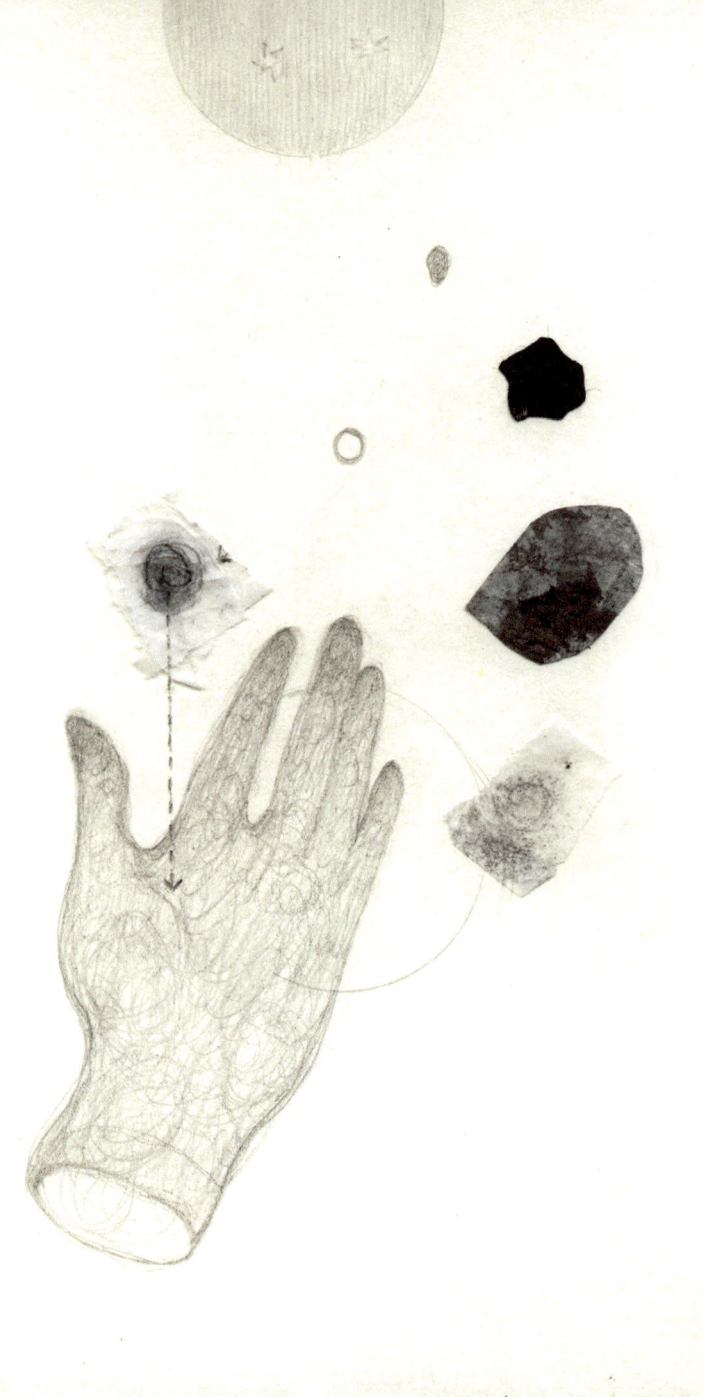

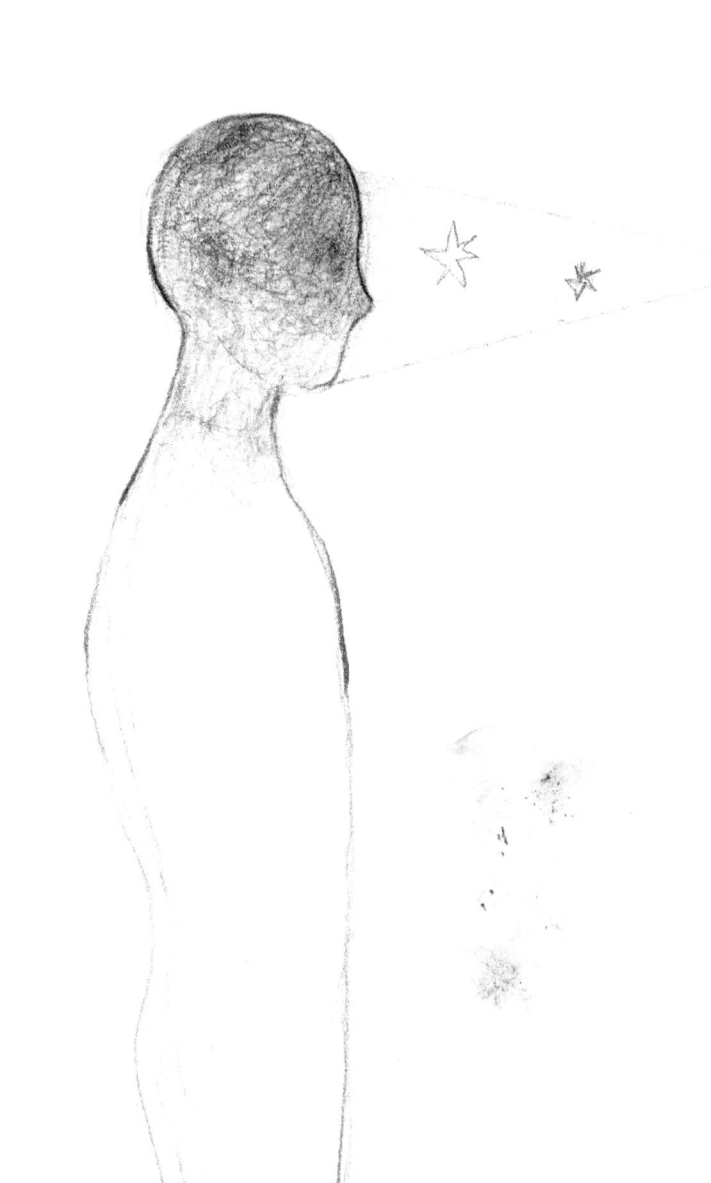

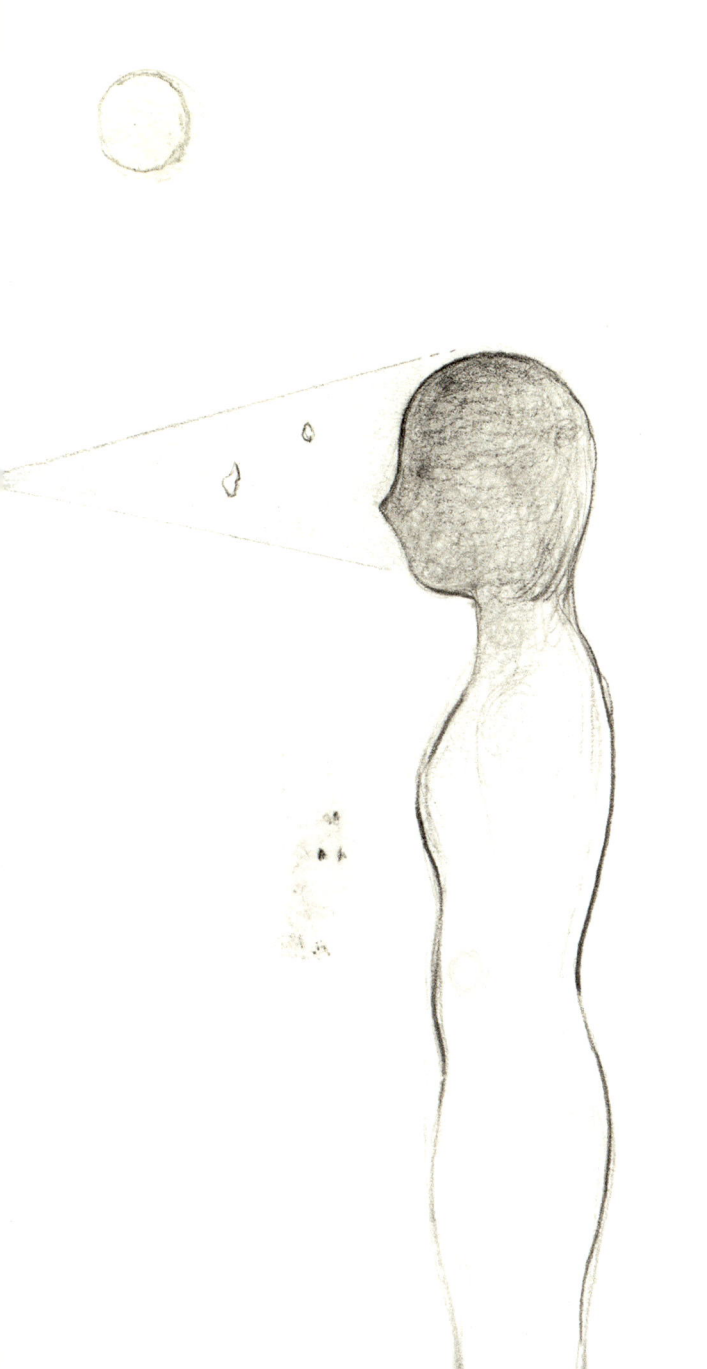

도망가자 밤으로, 밤으로

ⓒ 2024

글 | 라일라&마즈눈 임성용 이정임 채은
그림 | 윤순영 이지선 이정민 박민아

초판 1쇄 발행 | 2024년 7월 19일
편집 디자인 | 김지현
펴낸이 | 김지현
펴낸곳 | 네시오십분
등록 | 2018년 5월 24일(제332-2018-000002호)

전자우편 | contact@450books.com

ISBN | 979-11-980988-6-3(03810)

이 책의 저작권은 지은이와 네시오십분에 있습니다.
이 책에 실린 글과 이미지를 사용하려면 지은이와 네시오십분의 동의를 받아야 합니다.

잘못된 책은 바꾸어 드립니다.